O GRITO
DOS MUDOS

Henrique Schneider

O GRITO DOS MUDOS

Ou a história de muitos homens
contada através da história
de um só homem

BERTRAND BRASIL

Copyright © Henrique Schneider, 1989, renovado em 2006.
henrique.schneider@paginadacultura.com.br, representado pela
Página da Cultura (www.paginadacultura.com.br)

Capa: Simone Villas-Boas

Editoração: DFL

2006
Impresso no Brasil
Printed in Brazil

CIP-Brasil. Catalogação na fonte
Sindicato Nacional dos Editores de Livros, RJ

S385g   Schneider, Henrique, 1963-
     O grito dos mudos, ou, A história de muitos homens
contada através da história de um só homem/Henrique
Schneider. — Rio de Janeiro: Bertrand Brasil, 2006.
128p.

ISBN 85-286-1218-X

     1. Romance brasileiro. I. Título. II. Título: A história
de muitos homens contada através da história de um só
homem.

06-3772   CDD – 869.93
                  CDU – 821.134.3 (81)-3

Todos os direitos reservados pela:
EDITORA BERTRAND BRASIL LTDA.
Rua Argentina, 171 — 1ª andar — São Cristóvão
20921-380 — Rio de Janeiro — RJ
Tel.: (0xx21) 2585-2070 — Fax: (0xx21) 2585-2087

Não é permitida a reprodução total ou parcial desta obra, por
quaisquer meios, sem a prévia autorização por escrito da Editora.

Atendemos pelo Reembolso Postal.

"There are only two or three human stories that keep repeating themselves so fiercely as if they had never happened before."

WILLA CATHER

*"Você precisa de alguém
Que te dê segurança
Senão você dança,
Senão você dança."*

HUMBERTO GESSINGER

O trabalho de Nicolau pode parecer monótono aos olhos de todos os outros. Os menos atentos considerá-lo-ão, na realidade, uma mera e interminável repetição de gestos e atos semelhantes entre si, onde a própria vontade do homem, tão frágil e inexpressiva, pareceria inexistir. Mas não é assim. Um ou outro pedante, com certeza, chegará ao extremo de dizer que é função mecânica, deixando Nicolau enormemente escandalizado. Porque não é assim. Os simples de espírito candidamente afirmarão que é uma tarefa fácil, possível de ser realizada por qualquer um;

isso escandalizará Nicolau ainda mais fortemente, os olhos vermelhos e as orelhas em fogo, mas, elegantemente, ele não dirá nada – não é de seu costume responder a críticas de caráter profissional, especialmente se efetuadas por leigos no assunto. Além do mais, ele sabe que não é assim. E, se disserem que é um lavor menos nobre, tampouco Nicolau responderá; apenas pensará no incalculável auxílio que o seu trabalho presta à saúde das pessoas e dar-se-á por satisfeito, sem esperar qualquer honraria ou distinção – o sucesso dos grandes homens tem como ponto de partida a humildade. E, no caso de algum indivíduo exageradamente asséptico considerar nojento e viscoso o trabalho de Nicolau, ele também tem, dentro de si, uma resposta pronta: se há o lado sujo, há também a satisfação final de ver, imaculadamente limpo, o resultado de seu esforço. Mas não diz nada, guarda para si: ele tem consciência de que não é assim. Enfim, quaisquer que sejam as opiniões a respeito da função de Nicolau, a nenhuma ele empresta maior crédito ou atenção – apenas prossegue feliz consigo mesmo a sua missão, a fim de que nenhum cliente do restaurante tenha o desprazer de sentar-se em frente a um prato sujo.

É isso. Nicolau lava pratos em um restaurante. E, como todo homem bom e justo, considera o seu trabalho importante.

Pegar o prato sujo; extrair dele as sobras e despejá-las na lata de lixo, logo à sua esquerda; passar-lhe uma esponja por toda a superfície, enchendo-o de espuma limpa e insípida do detergente; mergulhá-lo embaixo da torneira e sentir nas mãos a água escorrendo morna; colocá-lo junto aos outros para secá-los quando for a hora; pegar novo prato.

Pegar o copo sujo; extrair dele as sobras e despejá-las na lata de lixo, logo à sua esquerda; passar-lhe uma esponja por toda a superfície, enchendo-o de espuma limpa e insípida do detergente; mergulhá-lo embaixo da torneira e sentir nas mãos a água escorrendo morna; colocá-lo junto aos outros para secá-los quando for a hora; pegar novo copo.

Pegar a travessa suja; extrair dela as sobras e despejá-las na lata de lixo, logo à sua esquerda; passar-lhe uma esponja por toda a superfície, enchendo-a de espuma limpa e insípida do detergente; mergulhá-la embaixo da torneira e sentir nas mãos a água escorrendo morna; colocá-la junto às outras para secá-las quando for a hora; pegar nova travessa.

Pegar o garfo sujo; extrair dele as sobras e despejá-las na lata de lixo, logo à sua esquerda; passar-lhe uma esponja por toda a superfície, enchendo-o de espuma limpa e insípida do detergente; mergulhá-lo embaixo da torneira e sentir nas mãos a água escorrendo morna; colocá-lo junto aos outros para secá-los quando for a hora; pegar novo garfo.

Pegar a faca suja; extrair dela as sobras e despejá-las na lata de lixo, logo à sua esquerda; passar-lhe uma esponja por toda a superfície, enchendo-a de espuma limpa e insípida do detergente; mergulhá-la embaixo da torneira e sentir nas mãos a água escorrendo morna; colocá-la junto às outras para secá-las quando for a hora; pegar nova faca.

10

Pegar a colher suja; extrair dela as sobras e despejá-las na lata de lixo, logo à sua esquerda; passar-lhe uma esponja por toda a superfície, enchendo-a de espuma limpa e insípida do detergente; mergulhá-la embaixo da torneira e sentir nas mãos a água escorrendo morna; colocá-la junto às outras para secá-las quando for a hora; pegar nova colher.

Pegar a xícara suja; extrair dela as sobras e despejá-las na lata de lixo, logo à sua esquerda; passar-lhe uma esponja por toda a superfície, enchendo-a de espuma limpa e insípida do detergente; mergulhá-la embaixo da torneira e sentir nas mãos a água escorrendo morna; colocá-la junto às outras para secá-las quando for a hora; pegar nova xícara.

Não é monótono o trabalho para Nicolau. Antes, é uma função exata, precisa; cada movimento exige concentração e destreza para que o serviço seja bem feito, o prato resulte limpo, e o copo, imaculado. Não é possível desviar a atenção a um comentário do cozinheiro ou a qualquer observação mais obscena do auxiliar de cozinha, se não se quer que um fio de massa fique grudado ao longo da lâmina ou que alguma fibra da carne permaneça enroscada entre os dentes do garfo. Não, sem monotonia ou tédio, Nicolau sente que seu trabalho é pequeno em âmbito, mas imenso em responsabilidade. O cliente que não receber em sua mesa a louça serena e absurdamente limpa não retornará mais ao restaurante. Nicolau é cônscio do seu valor – é dele, indiretamente, que depende a vida do estabelecimento. E com essa certeza ele segue adiante, dia após dia, lavando pratos e copos e garfos e facas, e sentindo-se feliz por sua utilidade.

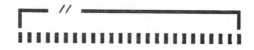

Mas nem sempre Nicolau lavou pratos em sua vida. Já trabalhou em outros ramos e, a bem da verdade, em todos se mostrou competente.

"Guardar automóveis também era uma função divertida", relembra Nicolau, com um sorriso meio escondido nos lábios cansados. Trabalhava em uma garagem imensa, e sua função era um ir-e-vir dos mais constantes, levando e trazendo os carros de senhores engravatados e senhoras cheias de pacotes. Eram Gordinis e Fuscas, Aero Willys e Esplanadas, Tufões e Chambords, DKWs e Vemaguets. Havia um Simca Tufão preto, com os frisos completamente polidos e um capô inteiramente branco, lindo como se fosse o único. Era de um rapaz que usava óculos escuros e jaquetas de couro negro, que sempre lhe alcançava, disfarçadamente, alguma gorjeta. As gorjetas eram proibidas, mas um aceno camuflado ou uma última flanela no vidro lateral serviam para receber a nota dobrada que alguns motoristas estendiam. Saíra daquele emprego pela razão mais simples: o estabelecimento fora vendido a uma empresa empreiteira que tinha outros planos para a área, maiores e mais lucrativos do que uma simples garagem.

A solidão completa de um edifício em construção é muito pesada. Nicolau descobriu isso durante o tempo em que trabalhou como vigia: arroz e ovo, café esquentando a escuridão da noite, o rádio de pilha colado ao ouvido como se fosse uma parte mais triste de si. Levava, sempre, duas pilhas extras no bolso para não ficar sem rádio durante a noite. Melhor: para não ficar sozinho durante a noite.

Da construção, também fora demitido sem muitas explicações: uma crise na construção civil (Nicolau não conseguia entender como, em meio a crises e crises, via um novo prédio sendo construído a cada novo dia), o excesso de pessoal sendo dispensado. Assim, simples: trinta foram demitidos. Nicolau foi um deles.

Mas a força dos braços e a vontade de trabalhar nunca lhe faltaram. Se não possuía experiência como operário na indústria de calçados, não havia, tampouco, nada que o impedisse de aprender. E aprendera. Fora trabalhar como cortador numa empresa, o dia arrastava-se em frente à máquina, e os espirros se sucediam, um atrás do outro. Ao final do dia, o nariz estava vermelho e inchado, e o ânimo de Nicolau reduzido a zero, e ele sem saber o que era aquilo. Passou quase um ano nesse quotidiano doloroso, lenços e lenços pesando no bolso, tomando limão com mel todas as noites ou inalando poções de folhas de eucalipto para descongestionar as narículas. O médico da empresa foi quem lhe deu a causa: alergia ao couro. Quanto mais próximo do couro cru, mais espirrava. Foi essa a única vez que Nicolau pediu demissão de um emprego.

Fechadas as portas do couro, todas as outras restavam abertas. Assim que, poucas semanas após deixar a fábrica, Nicolau já podia ser visto garboso e ereto em seu guarda-pó de zelador, o nome do edifício bordado no bolso do peito. Chamava-se "Saint Nicolas", o prédio, e Nicolau gostava dessa sonoridade, além de possuir certo orgulho pelo fato de ele e o prédio, tão sóbrio e bonito, serem homônimos.

Era um ofício simples e discreto. Nicolau lavava as escadas e varria os corredores, distribuía a correspondência e consertava vazamentos, ajudava a carregar pacotes e dava recados. E gostava porque tudo ali era elegante – menos o síndico, que, insanamente enraivecido com Nicolau, despediu-o antes que completasse oito meses de trabalho, após flagrá-lo, pela terceira vez, num inocente cochilo em sua cadeira. Nicolau bem que tentava evitar, mas o sol da primavera, que batia no hall logo após o almoço, não o auxiliava na luta. E assim dormira várias vezes, embalado pelos mansos raios solares e acordado pelos passos e vozes dos que entravam. Houve três vezes em que os passos foram do síndico, um coronel reformado que não admitia qualquer desleixo. Doido de sono, Nicolau escutou os xingamentos do militar, pegou suas roupas, a marmita, e foi embora. Estava demitido, não adiantava ficar.

Nesse mesmo dia, os pratos entraram na vida de Nicolau. Sem saber de novo emprego e considerando que, nesse caso, o mais correto seria economizar, achou melhor dispensar o ônibus rotineiro e ir a pé até sua casa. Era uma caminhada que o faria atravessar a cidade, mas tinha todo o tempo do mundo, e alguns passos a mais só o ajudariam a ordenar novamente as idéias.

Quando passou em frente ao restaurante e viu a placa, relutou. A relutância, entretanto, durou só o tempo de aperceber-se dos bolsos vazios. Entrou tímido, mas sem olhar para o chão, e ofereceu seus serviços. Não, não tinha expe-

riência, mas com certeza aprenderia logo. *Tinha, tinha carteira de trabalho à mão, todos os empregos anteriores estavam ali, não havia nada em seu desabono* – lembrou-se do síndico chamando-o de "vagabundo", mas considerou o fato uma alteração momentânea do militar. *Quanto ao horário, não haveria problema, as linhas de ônibus estendiam-se por toda a noite. Não, não morava muito longe,* mentiu com inocência. *Podia até ir a pé* – o cansaço das pernas, após a caminhada, pareceu pulsar com mais força, mas não deixava de ser verdade o que dizia. O encarregado colocou uma ficha e uma caneta à sua frente, e Nicolau começou a preenchê-la, devagar, cuidadoso com todas as letras e números. Idade, endereço, estado civil, filiação, ocupações anteriores, pretensão salarial – Nicolau deixou esse espaço em branco. Quando chegou ao final, estava empregado.

Nesse restaurante, Nicolau descobriu toda a arte de lavar pratos. Só saiu de lá por uma oferta maior. A "Trattoria di Nono" ofereceu-lhe quase o dobro do salário. Além disso, era mais perto de sua casa.

E na "Trattoria di Nono" Nicolau já está há doze anos, sempre lavando pratos. É essa a sua função.

– Chegando os pratos! – O garçom entra, apressado, uma pilha de louças na mão.

Nicolau pede-lhe que coloque tudo no canto da pia, onde o resto da louçaria suja aguarda. Talvez seja essa a milésima vez que faça esse pedido; já está acostumado à urgência do garçom. Pacientemente, vai separando as pilhas e tornando-as limpas, cada qual ao seu tempo. Os outros também correm em meio aos pratos e panelas. Os cozinheiros, em sua faina constante, trinchando filés ou despedaçando galinhas, temperando as massas ou avinagrando as saladas, recheando peixes ou descascando legumes, parecem loucos ágeis com suas facas. Os garçons entram trazendo pedidos e saem carregando travessas, as gravatas pretas e os casacos brancos indo de um lado ao outro sem descanso. Tudo é rápido nas horas de maior movimento.

Nicolau também é rápido nessas horas. Só que, ao contrário dos outros, é calado. Enquanto todos falam, discutem e se agitam num alarido intermitente, o lavador parece ausente do lugar. Permanece quieto em frente ao seu espaço, as mãos prestadias escorrendo pelos pratos e talheres. Não é de seu feitio falar demais: a conversa deixa-o nervoso, agitado. Por isso, distancia-se dos outros e da cozinha, atenta somente ao serviço.

Na verdade, ninguém se importa muito com isso. O que importa é que os talheres e pratos estejam limpos e reluzentes quando necessário. O jeito estranho de Nicolau – quieto, fechado, quase sombrio – é só dele; a louçaria, entretanto, faz parte do ganha-pão de todos por ali. Afinal, nela são servidas as iguarias pedidas pelos fregueses. Desse modo, no momento em que tudo está limpo, aos outros não faz diferença se Nicolau está com o pensamento próximo ou longínquo.

Mas no que pensa ou para onde vai ninguém sabe.

Naná chamava-se Natélia e nunca soube, na verdade, se gostava ou não do seu nome. Estava, depois de quase quarenta anos, acostumada a ele. Já desistira de vê-lo bonito ou feio, estranho ou simples; era o nome que lhe haviam dado.

Chamava-se assim porque, quando nasceu, o pai e a mãe decidiram homenagear a dona da casa onde ambos trabalhavam – o pai, como jardineiro, e a mãe, como copeira. A patroa chamava-se Natália e era possuidora de uma refinada e incontestável elegância, o que a tornava uma espécie de

deusa bela e mundana aos olhos da empregada. Quando a menina nasceu, a mãe achou que o nome, talvez, lhe moldasse a vida. E quis que fosse Natália. O pai, entretanto, tinha os pés no chão e os olhos baixos. Sua discordância coube dentro de uma frase lógica e abstrata em sua singeleza:

— Natália é nome de gente rica.
Mas considerava, também, que a dignidade antiga e distante da patroa merecia homenagens. Era simples de espírito, e Natália pareceu-lhe um nome sonoro. A mãe discordou, insistiu com Natália. O homem não discutiu, não se opôs à vontade da esposa, não disse uma palavra frente à obstinação da mulher. Calou-se e mudou de assunto.
Na hora de registrar a menina, chamou-a Natália.
(Naná lembra-se, a mãe contava com um misto de amargura e ironia: quando o pai foi contar à patroa a estranha homenagem, ela estava perto.
O pai, corado de sol e de vergonha, as mãos caídas ao longo das coxas, como se ali não fosse o seu lugar, a voz saindo miúda e tímida, como em todas as vezes que falava com os patrões:
— Dona Natália, eu gostaria que a senhora soubesse que o nome de minha menina foi escolhido em sua homenagem.
A mulher sorriu um sorriso claro e tranqüilo. Quando sorria, tornava-se ainda mais aristocrática, os dentes brilhando inteiros em sua boca, redondos e lisos, belos e superiores.
— Fico envaidecida com isso. Chamaram-na Natália?
— Não, senhora. — O homem sorriu o seu orgulho paternal e digno. — Chama-se Natélia.

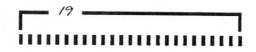

A mãe contava a Naná que o sorriso da patroa desaparecera no mesmo instante, deixando sozinho na sala o riso quase patético do pai. Não demonstrara maior desagrado, mas seus olhos denotaram quão estranha e simplória era a classe dos criados.
— Ah, bom. — E sorriu de novo, recomposta. — É um nome original. Diferente, não? — perguntou sem perguntar, sem exigir resposta. — Tomara Natélia tenha ventura em sua vida... E as petúnias, já foram plantadas? — Agora, a resposta era exigida.
— Já, sim, senhora.
E saiu manso. Quando passou pela mãe de Naná, foi a vez de ela sorrir; o desapontamento da patroa era uma espécie de vingança sua, uma vitória doce e pequena contra a derrota que era, para ela, o grotesco daquele nome.)

Ela passou quase quarenta anos sem saber se gostava do nome.
Ela passou quase quarenta anos sem saber quase nada.
Naná, quando pequena, era o centro das preocupações do pai e da mãe, que lhe desejavam um futuro melhor do que o presente que ofereciam.
Era, naquela época, uma menina talvez bonita, ...
Estava, agora, uma mulher quase feia, ...
... fresca, ...
cansada, ...

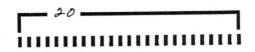

... *dona de um ar leve que lhe avivava os movimentos*, ...
prisioneira de um peso eterno que lhe embaciava os gestos, ...
... *um corpo agradavelmente moldado, os seios fortes e redondos explodindo por trás das blusas que a mãe tricotava*, ...
resignada em um corpo desfeado, os seios flácidos da espera do filho que não veio, escondendo-se por baixo do tecido das camisas quase masculinas que comprava nas lojas de departamentos, ...
... *talvez agradasse aos homens se soubesse produzir-se, os cabelos ondulados, a boca triste realçada pelo brilho de um batom.*
mas Nicolau gostava dela assim, os cabelos escorridos, a boca triste escondida pela força dos primeiros vincos.

Mas o que mais chamava a atenção na juventude mágica daquela menina eram os seus olhos: azuis, um azul vívido como a imagem do céu refletida num espelho em dia de sol, um azul-claro como o brilho de um fogo raro, um azul dócil como a cachopa das hortênsias, um azul louco como a esperança de um novo dia. Natélia encantava a todos com seus olhos.

Mas o que mais chamava a atenção no envelhecer prematuro daquela mulher eram os seus olhos: azuis, um azul vívido como a imagem do céu refletida num espelho em dia de sol, um azul-claro como o brilho de um fogo raro, um azul dócil como a cachopa das hortênsias, um azul louco como a esperança de um novo dia. Natélia ainda encantava a todos com seus olhos.

Naná cresceu sem os confortos e benesses que os pais desejavam. O pai era humilde de gênio e de olhos. Viveu sempre calado e servil, entre begônias e hortênsias, dálias e margaridas, rosas e tulipas, olhando os próprios pés quando o patrão falava, e gaguejando receios na hora de responder. Os jardins eram a sua vida. Cuidava-os como se fossem seus, revolvendo o calor da terra e depositando nela a quentura das sementes, amimando-as e tratando-as no dia-a-dia, vendo-as crescer com os olhos de mestre, até que elas explodissem em flores e verdes, loucas de alegria e força, e ele as acolhesse com a ternura de um pai. Vasculhava os jardins à procura de pontas indesejáveis e molhava o terreno todos os dias, obstinado, o jorro da água infiltrando-se pelas gretas e cantos, molhando os poros e revigorando a terra. Aguava o terreno como se molhasse, na verdade, a secura de sua vida. Assim foi por dezessete anos, até o dia em que acordou mais pesado que o normal, mas achou que não era nada. Barbeou-se com vagar, escovou os dentes com a mão pesada, e o café revolveu-lhe o estômago – mas não era nada. Foi aos jardins para regá-los, um sol quente queimando às suas costas, os passos cansados e tristes – mas não era nada, ele pensava, não era nada. Foi o brilho do sol – ou o peso das mãos ou o aperto do peito – que o deixou tonto, as plantas girando cada vez mais rápido, um arco-íris multicolorido invadindo-lhe a cabeça, mas não era nada, não era nada, não era nada, não era nada, até que caiu por cima dos canteiros e já não tinha força nem consciência para desamarrotar as flores antes que o patrão visse e tudo se tornasse imensamente branco à sua

frente e ele sentisse o coração explodindo de súbito em golfadas últimas de sangue e pensasse que talvez fosse alguma coisa, mas já era tarde, tarde demais.

Quando o encontraram caído, suas mãos estavam cheias de flores e já começavam a perder a cor.

Natélia e a mãe choraram abraçadas durante todo o funeral, quase sem saber por quê, e depois que o caixão baixou à sepultura e as poucas pessoas que lá estavam começaram a despedir-se, sem jeito, pigarreando, solenes, elas perceberam que não tinham a mínima idéia do que fazer dali em diante.

Era do patrão a casa onde moravam. Enquanto o pai vivera, ela servira de moradia a dois funcionários; agora, só uma copeira a habitava, ela e uma filha de dezessete anos que recém começava a descobrir o significado da palavra vida. A copeira e a menina, sem dinheiro e sem parentes. A doméstica e a garota, sem força e sem futuro. A empregada e a filha, sem nada e sem nada.

Mas o patrão não era homem de se preocupar com miuçalhas. Foi ao enterro, ofereceu-lhes os mais sinceros pêsames como se elas fossem transparentes, saiu de lá e esqueceu-se da casa. Não tinha a mínima intenção de dar outra serventia à pequena residência, mas não pensou que fosse necessário informar o seu intento às infortunadas moradoras. Que lá ficassem e que fizessem bom uso daquelas quatro peças mal divididas.

Desse modo ficaram as duas, mãe e filha, parceiras no receio e no temor. Convenceram-se de que seria natural que o patrão entrasse lá, um dia, e reclamasse a casa; esperavam por esse dia pisando com timidez o assoalho de suas peças, lavando sempre uma vez mais o branco e desbotado tecido das cortinas, mantendo móveis e recordações longe de uma poeira que lhes acentuava a velhice.

Nicolau e Naná encontraram-se de maneira absurdamente banal e completamente desprovida de romantismo. Eram seis e meia da tarde e ela saía, atabalhoada e ofegante, com os calores de dezembro, da pequena loja onde trabalhava, ao mesmo tempo, como balconista e empacotadora. Levava nas mãos a bolsa costumeira e dois pequenos embrulhos, lembranças compradas para dar alguma vida ao Natal da mãe.

Ao dobrar a porta, Nicolau veio ao seu encontro, rente de uma pressa inútil, e pacotes e bolsa foram parar no chão, enquanto Natélia começava a esfregar o ombro batido no encontrão.

Todos estes anos, quando se punham a conversar sobre os primeiros tempos – conversas cada vez mais raras e cada vez mais repetidas e cada vez menos detalhadas –, Natélia, dom natural, tentava emprestar um pouco de lirismo àquela trombada. Insinuava que Nicolau forçara-a, que esperara a

sua saída para abalroá-la, com fingida surpresa e espanto, como pretexto para conhecê-la. Ela brincava sorrindo e esperava que tudo tivesse um pouco de verdade. Mas Nicolau era tosco e rude nos assuntos do coração:
— Não foi não. Foi sem querer.

Os pacotes caídos no chão, e Nicolau parado. O papel de presente, imaculado e caprichoso, rasgando o pó da calçada, e Nicolau parado. O laçarote crespo e róseo defendendo das lajes a rebeldia morta dos laços, e Nicolau parado. Talvez um reloginho quebrado, uma caixa de música muda para sempre, e Nicolau parado. Ou, quem sabe, xícaras de cafezinho trincadas ou um jogo de chá partido, e Nicolau parado. Derrubados, os luxos irrisórios e inanes da baixa burguesia, e Nicolau parado. A bolsa tristonha e desolada no solo, e Nicolau parado. O sorriso de Natal escurecendo, desaparecendo entre as brumas do sol, e Nicolau parado. O movimento das gentes, pacotes, vozes e passos, e Nicolau parado. A moça abaixando-se, surpresa, ainda apalpando o ombro dorido, e Nicolau parado. As mãos rápidas, decididas, juntando os pacotes e tirando-lhes a mossa, e Nicolau parado. Natélia falando, dizendo algo que ele não ouvia, e Nicolau parado.

Mas Nicolau não estava simplesmente parado. Estava pasmo; enfeitiçara-o o mar que enxergara nos olhos daquela mulher. Soubera que os pacotes haviam caído, mas não os vira chegar ao chão. Seus olhos ficaram presos aos olhos de Natélia.

— O senhor precisa ser mais cuidadoso, moço. Olhe só estes embrulhos, o jeito que ficaram!

Nicolau, sem responder, olhando o rosto, mas enxergando apenas aquelas duas safiras, fogo calmo e lívido a refrescar-lhe as faces.

— Ouviu, moço? Precisa tomar mais cuidado.

A decisão da voz tirou Nicolau do encantamento. Ele piscou duas vezes, olhou os pacotes nas mãos da moça, grânulos de pó e areia ainda incrustados no papel, e pediu desculpas.

— Mil perdões, moça, mil perdões. Eu estava distraído, caminhando sem olhar. ... Machucou?

Ela sorriu, grata pelas maneiras amáveis do estranho.

— Não. Uma batidinha no ombro, mas foi coisa leve. Já parou de doer.

— E os embrulhos, não aconteceu nada com eles?

— Acho que não. — Mostrou-lhe o pacote maior. — Isto é uma blusa. Blusas não quebram. — Riu, quase sem jeito, do comentário. — E isto aqui é um porta-jóias, mas é de madeira. Madeira forte. — Sacudiu o embrulho junto ao ouvido, os enormes olhos azuis ansiosos de algum barulho. — Nada. Está tudo no lugar. — E Natélia parou, considerando absurdo o fato de ainda estar ali, parada em frente ao homem; porém, mais absurda foi a necessidade que sentiu crescer, dentro de si, inexplicável e categórica, de contar-lhe a razão da blusa e da caixa de jóias embaixo do braço. Calou-se por alguns segundos, esperando que ele perguntasse, mas começou a conhecer ali a pequena curiosidade de Nicolau. Então, falou direta, quase sem perceber que dizia algo.

— São presentes. Presentes de Natal para a minha mãe. E ainda quero ver se lhe compro um broche.

Ele anuiu com a cabeça e pareceu achar o assunto fascinante, apesar de ter apenas uma vaga idéia do que fosse um broche. Conhecia pulseiras e anéis, brincos e colares; todo o resto cabia dentro de um nome genérico: jóias.

— Que ótimo. Sua mãe, com certeza, vai adorar. Deve ser emocionante ganhar um broche de Natal.

Naná não percebeu se havia ironia na observação — mais tarde, soube que ele falava sério. Continuou, o jeito simples e gentil do homem acendera-lhe a simpatia.

— É, mas só vou dar o broche se não for muito caro.

— Ah, mas pode ter certeza de que, procurando bem, a mocinha vai achar um broche de belo porte e preço razoável. Os broches têm essa vantagem. — Ele atirava no escuro, temendo errar o alvo. — Há de todos os tipos e preços.

— Isso é verdade. — Ele sorriu, o tiro saíra na direção certa. Ela pensou, antes de prosseguir. — Mas não quero dar qualquer broche. Minha mãe merece coisa boa.

— Correto. Antes não dar nada do que dar algo que desagrade.

Nicolau estava assim: se ela falasse em dar um rato morto à mãe, ele consideraria a idéia inteiramente original e deliciosa. Temia discordar daqueles olhos, com medo de que o céu fosse embora. Concordaria com ela em tudo, para prolongar a conversa, buscando entre as frases um modo de revê-la mais tarde.

— Não há presente que desagrade mamãe. Ela é muito fácil de contentar; qualquer lembrancinha a contenta. O fato *é que eu não quero lhe dar algo ruim. Ela merece algo de valor.*

Naná chegou a pensar novamente no quão absurdo considerava o fato de ainda estar ali, parada na rua, pacotes e bolsa abraçados desajeitadamente, abrindo um pouco de sua vida a um homem inteiramente desconhecido, de quem não sabia sequer o nome. Entretanto, o sorriso do estranho apagou-lhe o pensamento. Confiou nele; achou que seria bom conversar. Por isso, foi sem surpresa alguma que respondeu "sim" quando ele se ofereceu para acompanhá-la.

O namoro não foi longo. Em pouco menos de dois anos, estavam casados: ela, de vestido branco colorindo-lhe os vinte anos e flor de laranjeira perfumando-lhe os cabelos; ele, de traje preto, as calças profundamente vincadas; a mãe chorando baixinho durante toda a cerimônia, e uma dúzia de convidados comendo galinha e bebendo cerveja na casa dos noivos.

A casa dos noivos. Talvez fosse isso o que mais trouxesse Natélia à vida de casada. Crescera sob o espectro imaginário de ver-se, a qualquer momento, sem teto para cobri-la. A possibilidade de o patrão retomar a casa era uma sombra permanente, uma espécie de terceiro habitante, mesmo que ele nunca tenha sabido disso. E Nicolau, Nicolau tinha uma casa. Era distante e malcuidada, pequena, desfeada, e o terreno onde se erguia era merecedor de todas as limpezas; mas era a casa de Nicolau, uma casa inteiramente dele, sem temores nem medos. E, agora, era a sua casa. Era sua, e

podia pisar com força no chão, pintar as portas com as cores que quisesse, pendurar em suas paredes as fotos e calendários que bem entendesse, colocar em suas janelas as cortinas que mais desejasse. A casa era forte porque dava a Natélia a solidez de que ela necessitava.

Nicolau ficava feliz com o júbilo de Naná, ficava feliz em ver sorrindo aqueles olhos azuis. Sabia o que a casa representava à noiva e à sogra. Assim, não se opôs quando ela lhe pediu para que a mãe fosse morar com eles.

Nicolau acabara de pegar um copo manchado de batom nas bordas quando o dono do restaurante entrou na cozinha.

Era um homem pequeno e magro, dono de uma calvície antiga que lhe escancarava a fronte e de um bigode que lhe cobria a boca, a voz e os gestos macios e discretos. Era estrangeiro; viera da Áustria há mais de quarenta anos e tinha-se notícia de que fugira dos últimos tempos de guerra. Ele, entretanto, não comentava tais passagens. Preferia lembrar que chegara ao Brasil com a roupa do corpo, uma pequena mala de papelão e alguns endereços anotados. Além disso, acompanhava-o a vontade enorme de apagar os anos passados e vencer os anos futuros. E desse modo lançara-se à luta. Todos os dias eram dias de trabalho, os feriados inexistiam em seu calendário. O esforço rendera frutos de consistência sólida e perene. Além da "trattoria", era dono de outros dois restaurantes na cidade: um, de cozinha alemã; outro, de cozinha japonesa.

O homem entrou solene em sua pequenez e os funcionários cumprimentaram-no sem ênfase, envoltos em seu afã de cheiros, formas e sabores. Respondeu automaticamente aos cumprimentos e seguiu, resoluto, até um espaço ao lado da pia, onde Nicolau já pegava outro copo.

Acompanhava o patrão um homem jovem, vestido com um macacão acinzentado e boné branco. Era desconhecido, ninguém o vira antes naquela cozinha. Cumprimentou a todos com um aceno da cabeça e dirigiu-se, também, até o lado da pia, sem aperceber-se dos olhares desconfiados que lhe lançavam o cozinheiro e alguns garçons. Nicolau, não: respondeu ao aceno com outro aceno e voltou às suas funções, na certeza de que aquele movimento novo não lhe dizia respeito.

Os dois homens permaneceram parados ao lado da pia, olhando atentamente o espaço existente entre o móvel e o final da parede, enquanto, por trás deles, o cozinheiro ria, dissimuladamente, da cena, sem saber direito a razão de sua risada. Os homens demoraram pouco mais que o riso do cozinheiro, examinando o local e medindo-o com os olhos.

Por fim, o dono do restaurante falou, sem levantar a cabeça nem tirar os olhos do chão:

– É aqui que deve ser colocada a máquina de lavar. O senhor acha que é possível?

(Naquela manhã, Nicolau saíra de casa com uma ânsia incomum no estômago, sentindo dentro da boca o cheiro acre do café mal tomado. Algo estava ruim – ou ficaria ruim, era o pressentimento que ele tinha. Mas não era homem que ligasse para presságios; ou, ao menos, tentava não ser. Preferia buscar, sempre, uma razão prática para os gostos azedos da boca ou para a nuvem que, naqueles dias, aparecia na frente de seus passos. Assim, espantava a nuvem e cuspia o amargo que lhe invadia os dentes, enquanto corria em direção ao ponto de ônibus, pensando que, com certeza, aquilo era apenas uma bobagem. Devia ser da pressa, imaginou enquanto entrava no coletivo, a pressa que o fizera sorver sem vontade a xícara de café e engolir quase sem mastigar a fatia de pão com manteiga que Natélia lhe estendia. Acordara tarde e tudo tivera que ser mais rápido: a barba, os dentes, o banho, a roupa, o café e o beijo em Naná. Nem tivera tempo para brincar, alguns minutos, com o cachorro, como era o seu costume. Ou talvez fosse isso: o próprio atraso o deixara com aquele mau sentimento pressago. Era isso: a dor de barriga era a dor da pressa. Não precisava preocupar-se; nada diferente aconteceria naquele dia.)

A frase do patrão cortou os ouvidos de Nicolau como se fosse uma flecha arremessada em sua direção. A vertigem voltou ao estômago, como um soco, e ele sentiu os joelhos dobrando de pânico e os olhos arregalando de medo e incerteza. Mas isso não aconteceu: não fez nada, não mostrou nada e – surpreendentemente – nenhum rubor lhe tomou as faces. Foi como se não tivesse ouvido. Os olhos dos outros procuraram os olhos de Nicolau, mas os olhos de Nicolau só viam os seus próprios olhos refletidos numa travessa de alumínio recém-enxaguada, onde aquela que os embaciava podia muito bem ser uma gota que se desprendia da louça em hora imprópria.

– É um bom lugar. – O homem media o espaço com os olhos, de um lado para o outro, sem encontrar nele qualquer empecilho à instalação. – É claro que teremos que mexer na parede, mas será pouca coisa.

Nicolau não reparou, mas havia parado, o prato oblongo pingando nas mãos, escutando a conversa entre o patrão e o estranho. O estranho, aliás, já não poderia mais ser considerado como tal; para Nicolau, o homem estava definido em linhas ásperas e inelutáveis: era o homem cujas mãos lhe tirariam o pão da boca. Mas ele sentira isso para si, o desespero manso que lhe tomava conta dos dedos das mãos e dos pés, dos fios de cabelo e das junções dos ossos, da dobra dos braços e da estreiteza das veias. Se o sangue lhe parecia correr ao contrário, ele era, aos olhos dos companheiros, um homem tranqüilo que acompanhava, com alguma atenção, a conversa entre os outros dois.

– Não há problema quanto a isso, já estava previsto. – O sotaque estrangeiro do homenzinho parecia mais pesado, quase incompreensível aos ouvidos de Nicolau. – O lugar é bom. – O outro repetiu, olhando em torno, e a Nicolau pareceu que havia prazer naquele olhar, um brilho indefinido de poder e de destino. – E quando os senhores podem iniciar os trabalhos? Eu gostaria que fosse o mais rápido possível. – Nos tímpanos de Nicolau a voz plana do patrão parecia uma valsa, uma valsa mal executada, uma valsa capenga de tempos de guerra, dançada por pés disformes em meio a ruínas. – A empresa está cheia de serviço, mas sempre se consegue dar um jeito. Sempre é possível dar preferência aos melhores clientes, o senhor entende... – E agora Nicolau via, nos olhos do homem, o brilho da malícia e da corrupção. – Entendo. A máquina será instalada na próxima semana. – A voz do patrão, pequena mas forte, soava como uma sentença de morte para Nicolau, que continuava parado, ao lado dos dois homens que sequer o notavam, pensando no que fazer da vida a partir daquele dia, enquanto, das suas mãos, pendia uma travessa da qual a água já não pingava mais.

(Naquela manhã, Nicolau saíra de casa com uma ânsia incomum no estômago, sentindo dentro da boca o cheiro acre do café mal tomado. Algo estava ruim – ou ficaria ruim, era o pressentimento que ele tinha. Mas não era homem que ligasse para presságios; ou, ao menos, tentava não ser.

Preferia buscar, sempre, uma razão prática para os gostos azedos da boca ou para a nuvem que, naqueles dias, aparecia na frente de seus passos. Assim, espantava a nuvem e cuspia o amargo que lhe invadia os dentes, enquanto corria em direção ao ponto de ônibus, pensando que, com certeza, aquilo era apenas uma bobagem.)

Quando saíram os dois homens, a cozinha permaneceu em silêncio por alguns instantes, somente se ouviam o jorro da água, as chamas do fogão e as perguntas dos olhos de cada um. Foi Nicolau quem falou primeiro, ele mesmo surpreso ao ouvir sua voz:

— O sotaque do patrão é difícil de entender, às vezes, não é? — e buscou resposta, súplice, ao redor.

Todos concordaram, claro que era.

Ele achou ótimo que concordassem, talvez nem tivessem ouvido a conversa. Só ele, Nicolau, estava próximo. O patrão e o outro não falavam alto. Mas quando levantou os olhos soube que haviam escutado: olhavam-no, todos, com indubitável pena e grandiosa imobilidade.

— Vejam só: eu, que estava aqui do lado, não entendi uma palavra do que ele disse. Antônio, você que também estava perto, chegou a compreender algo?

O outro soube que só uma resposta era possível; aquela que os olhos de Nicolau pediam.

— Não. Na verdade, nem cheguei a prestar atenção na conversa.

Nicolau riu sem perceber e achou que já podia voltar à sua louça. A visita do patrão já estava apagada aos outros. Era melhor assim: não queria responder a perguntas e não queria a comiseração inútil dos outros. O certo é que lamentariam agora, mas logo já teriam esquecido, na certeza de que, no final do mês, receberiam os seus salários. Nicolau, não.

Pegou um prato e, pela primeira vez em muito tempo, ficou sem saber o que fazer. Aquela louça toda à sua frente – por que lavá-la, se na semana seguinte a máquina já estaria no seu lugar, impessoal e automática, limpando toda a louça como se fosse um só objeto, sem distinguir os garfos das facas, os pratos rasos dos pratos fundos? Qual a razão de ficar ali trabalhando, bobo por mais alguns dias, em vez de rasgar o avental, atirar a louça ao chão e sair correndo porta afora, xingando os últimos fregueses do almoço? Para que toda aquela farsa burlesca, de poucos e malfadados atos, na qual ele era o bufão?

As respostas estavam além de Nicolau, ultrapassavam o seu entendimento. E, talvez porque não fosse homem de explosões repentinas, deixou-se ficar, os pés pesados e as mãos inertes, o prato escorrendo por entre elas e estatelando-se no chão, os cacos voando e batendo em suas pernas sem que ele percebesse.

Todos ouviram o estalar dos cacos, todos viram o pasmo de Nicolau. Antônio, garçom do restaurante há quase seis anos, considerava-se seu amigo e resolveu falar com ele. Fez sinal aos outros para que voltassem às suas lides e, devagar, encaminhou-se à pia. Nicolau juntava os restos do prato e parecia não perceber o que fazia. Antônio abaixou-se ao seu lado e pôs-se a ajudá-lo.

– E então, Nicolau? – ele perguntou, e em sua voz estampou-se uma amizade límpida e vítrea, escondida de muito tempo.

– Então o quê? – O lavador de pratos fingiu surpresa.

O outro não sabia como começar, mas era necessário fazê-lo.

– Nicolau, você sabe que sou seu amigo...

– ... Sei...

– ... e que pode contar comigo na hora em que necessitar...

– ... sei...

– ... tanto nas difíceis, como nas fáceis...

– ... sei...

– ... da mesma maneira que, tenho certeza, posso contar com você quando for necessário.

– ... sei.

A introdução fora meritória e bem-intencionada, mas Antônio era desprovido do tato que lhe possibilitasse seguir adiante com facilidade. Assim, decidiu ser direto.

– Nicolau, escutei a conversa entre o patrão e o estranho, e sei que também escutou. O homem é funcionário de alguma empresa e, na próxima semana, virá aqui para instalar uma lavadora de pratos no restaurante. – Apercebeu-se que ainda estava com os cacos na mão e despejou-os na lixeira ao lado da pia.

– Não, não escutei, estava ocupado com o meu serviço. E você estava mais longe, disse que não tinha ouvido nada!

– Eu menti.

– Você deve ter ouvido errado, com certeza. – O rosto de Nicolau crispava-se num débil esgar de tristeza, e nele viam-se, com mais força, as rugas deixadas pelos anos. Os anos que eram a razão mais simples da aflição do lavador. O outro prosseguiu, sem se importar com a resposta.

– Nicolau, o que quero dizer é que você não deve se apavorar com a notícia. A coisa não é tão simples assim. Não se pode, simplesmente, tirar o homem e colocar a máquina. Não vão, com certeza, colocar você na rua. Deve haver algo por trás disso...

Nicolau não disse nada, apenas olhou o companheiro com uma gravidade solene, como se não escutasse nada do que estava sendo dito. Antônio decidiu continuar:

– Mas, de qualquer maneira, quero que saiba que, em todas as ocasiões, pode contar comigo. – Sorriu, sem jeito, um ar indisfarçável de desânimo. – Afinal, amigo é para essas coisas, não é?

Nicolau, então, sorriu. Era um sorriso claro de agradecimento, apesar do seu desejo de que parecesse puro desdém.

– É isso. Amigo é para essas coisas. Mas não foi nada. Eu já disse: você entendeu errado. – Parecia necessário a Nicolau guardar o seu drama apenas para si, sem dividi-lo na busca de compaixão. Não queria que os outros o vissem nu, quase velho, pálida figura derrotada, antes que pudesse, ele mesmo, assimilar tudo que representava a conversa entre o patrão e o estranho. Assim, desejava que os outros não ouvissem, desejava que os outros não soubessem. Olhou ao redor, reparou que os outros prestavam atenção nele e que um halo solidário circundava toda a área da cozinha. Isso fez com que se sentisse melhor, que o calor lhe voltasse, ao menos um pouco, ao coração. Mas achou melhor continuar fechado em si, dura presa única de seu sofrimento.

– Vocês todos.

A voz foi resoluta, não parecia ser de Nicolau, e ele quase se arrependeu de ter falado. Mas, agora, era necessário seguir em frente.

– Ninguém de vocês entendeu nada da conversa entre o patrão e o outro homem, ainda há pouco! Eu estava perto e não consegui entender; quem estava longe, menos ainda. Assim, quem ouviu qualquer coisa entendeu errado! – E, voltando-se para a pia, pegou o prato mais próximo e começou a lavá-lo, sem se dar conta de que já estava limpo.

(Naquela manhã, Nicolau saíra de casa com uma ânsia incomum no estômago, sentindo dentro da boca o cheiro acre do café mal tomado. Algo estava ruim – ou ficaria ruim, era o pressentimento que ele tinha. Mas não era homem que ligasse para presságios ou, ao menos, tentava não ser. Preferia buscar, sempre, uma razão prática para os gostos azedos da boca ou para a nuvem que, naqueles dias, aparecia na frente de seus passos. Assim, espantava a nuvem e cuspia o amargo que lhe invadia os dentes, enquanto corria em direção ao ponto de ônibus, pensando que, com certeza, aquilo era apenas uma bobagem.)

Depois da morte da mãe, há cerca de três anos, o maior companheiro de Naná, nas ausências de Nicolau, era um pequeno cachorro, de má raça e pior índole, chamado Anacoluto (Nicolau sempre achara terrível o nome escolhido ao acaso, das folhas do dicionário, pela esposa, mas, a bem da verdade, o próprio nome de Natélia não era exatamente o que se poderia chamar de comum. Assim, tolerava o nome). Era um animalzinho sem grandes atrativos, o focinho escuro eternamente emoldurado por uma carranca, os dentes mal medidos escapando pelos cantos da boca, o

pelame pardacento e ruço gasto pelos anos. Entretanto, tivera a sorte de cair nas graças de uma mulher sem filho, que lhe estendera, graciosamente, todo o seu amor fraternal. Naná cuidava-o e mimava-o como uma criança de colo, preparando-lhe refeições especiais – que serviam para esmagar um pouco mais o minguado orçamento caseiro –, envolvendo-lhe o pescoço com laçarotes azuis – laçarotes que o pobre bicho, em ânsia sobrecanina, arrastava no chão até que se rompessem, conseguindo apenas, desse modo, que Natélia renovasse mais rapidamente os adereços –, ou brincando com ele até que se cansassem, ambos, de correr e brincar com a pequena bola plástica com que fora presenteado no último Natal.

Em troca, Anacoluto emprestava-lhe a sua sonora companhia em todas as tardes, roncando quase obscenamente aos pés da máquina de costura onde ela perdia os anos e ganhava as rugas. Enquanto Natélia costurava, o cão permanecia lá; nada o tirava do seu lugar. Talvez considerasse que esta fosse a sua obrigação na casa: guardar a dona e senhora, enquanto ela estivesse no exercício das suas funções. De todo o resto, entretanto, parecia sentir-se desobrigado, tanto que, passados nove anos de sua chegada, ainda agora, por vezes, em ataques incontidos de malevolência, mijava na sala – ato que as palmadas de Nicolau, imediatamente abrandadas pelos carinhos de Natélia, nunca conseguiram resolver.

(*Natélia lembrava com carinho o dia em que Nicolau chegara com uma caixa nos braços, laço branco a envolvê-la, um respiradouro em cada lado. Abriu a caixa sem saber o que havia dentro, e o azul de seus olhos tornou-se mais intenso quando viu encolhido num dos cantos o cachorrinho, tremendo de medo, frio e infância.*

– É pequinês. – Nicolau orgulhava-se do presente e do contentamento da esposa.

A mulher apegara-se de imediato ao cãozinho; o homem, nunca. Com o tempo, aumentara a ambigüidade de seus sentimentos em relação ao animal: por vezes, acariciava-o tranqüilamente; em outras ocasiões, vendo a atenção que a mulher emprestava ao cachorro, sentia crescer dentro de si um mal-estar que lhe tomava o peito e varava o senso, e que ele nunca conseguiu admitir que fosse ciúme.)

Às sete e meia da manhã, Nicolau está no restaurante, esponja e detergente nas mãos, pronto para iniciar a limpeza da louçaria da noite anterior. É o primeiro a chegar e gosta de que seja assim: enquanto está sozinho, nada lhe tira a atenção, e o trabalho é mais rápido, mais ordenado. Quando chegam os outros, começam as conversas e os comentários, especialmente após as noites de futebol. Nicolau, apesar de pouco falar – entende pouco de esporte –, não consegue deixar de ouvir, é impossível alhear-se de todo; desse modo, trabalha com mais vagar, a atenção dispersa-se com os assuntos secundários. Assim, aproveita ao máximo a solidão da primeira hora.

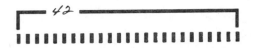

Nicolau chega às sete e meia da manhã, e pouco depois das quatro da tarde costuma deixar prontas as suas tarefas. Nos dias em que há maior movimento sai um pouco depois, talvez meia hora mais tarde. Deixa tudo pronto para a noite: todos os pratos e copos limpos, caprichosamente ordenados em seus lugares: os copos em fila dupla dentro do armário, os cristais retinindo como novos. À noite, os garçons não se preocupam – há louça de sobra. Tudo que fazem, sem maior precisão ou apuro, é colocar os pratos em cima da pia, à medida que vão sujando, até que ela esteja inteiramente tomada e os restantes comecem a ser empilhados. Pela manhã, quando Nicolau chega, uma quantidade enorme de pratos sujos e estáticos, mergulhados no ranço dos molhos ou na gordura das massas, aguarda pela solicitude e presteza de suas mãos. Nicolau sente-se poderoso nessa hora: os pratos parecem-lhe verdadeiramente desamparados em sua imundície, tristes e inúteis em sua fixidez, e é ele quem lhes devolve a vida. Separa tudo em pilhas – e ninguém sabe como consegue em espaço tão exíguo: os copos vão aqui, as travessas mais adiante, os garfos bem à esquerda. Só então começa.

Nicolau leva uma hora para ir ao trabalho, pela manhã, e quase outro tanto, à tarde, para voltar. De manhã, o ônibus está invariavelmente lotado. São vários rostos conhecidos, a maioria sem palavras e sem cumprimentos, mudos e vincados, a caminho das lojas e das fábricas. As mãos tristes e duras agarram-se ao encosto dos bancos com o abandono do cotidiano, e o cheiro precoce do suor perde-se em meio ao odor das marmitas ainda quentes; o ônibus recende a feijão e a arroz.

À tarde, a facilidade do horário permite, por vezes, que Nicolau viaje e descanse o corpo de um dia inteiro em frente à pia. Os companheiros de viagem, agora, são os mais variados: estudantes que decidem matar a última aula e descem três pontos antes do que deveriam, a fim de não chegar mais cedo em casa; domésticas diaristas cochilando em seus assentos, indiferentes às freadas e solavancos da condução; velhos aposentados que parecem ainda mais velhos, o dinheiro escasso diluindo-se em consultas e farmácias; donas-de-casa suburbanas, pacotes nas mãos e bolhas nos pés, alegres com as compras e desesperadas com os preços.

Normalmente, ele toma o ônibus das cinco da tarde e, por volta das seis, está chegando em casa.

Natélia, às cinco e meia, começa a colocar tudo em ordem. Tesouras, linhas e agulhas têm como destino uma caixa ampla e pesada, que permanece sempre ao lado da máquina de costura. A máquina, aliás, também recebe o seu zelo: ela remove todos os fiapos e restolhos que, porventura, sobraram esquecidos em sua superfície ou ficaram presos às suas dobradiças, e limpa-a com um pedaço de pano ligeiramente úmido para conservá-la reluzente aos olhos das raras visitas. Os cortes das saias, das blusas e das calças – que

ela cose com a paciência de uma aprendiz e o esmero de uma veterana – são dobrados com cautela e têm seu lugar em cima de um sofá, protegidos do pó e das outras ameaças por uma toalha plástica que os cobre inteiramente. Os botões e os elásticos são guardados nas gavetas da própria máquina. Então, passa uma rápida vassourada pelo assoalho da peça, com a intenção de reunir, num monte único, os retalhos e remendos que, mercê de suas tesouradas certeiras, ganharam o chão. Há vezes em que recolhe um pedaço de pano ainda aproveitável, mas é raro; ciosa de seu ofício, Natélia sabe medir o corte e, assim, não sobra serventia aos pedaços que caem divididos pelas lâminas.

Não demora mais do que quinze minutos a arrumação de Naná. É tempo pequeno e ela realiza a tarefa com o prazer de mais um dia passado. Nessa última azáfama parece descansar de todo o tempo costurando, as mãos indo e vindo entre as agulhas e as costas pálidas de dor. "Se não fossem as costas", pensava, "tudo estaria bem." O problema era o aguilhão que lhe começava pouco acima das nádegas e se estendia até os pulmões, parecendo corroer-lhe os ossos e os tecidos, obrigando-a a levantar-se, de tempos em tempos, para tomar um copo d'água ou ver se já estavam secas as roupas no varal, mesmo que estivesse sem sede e soubesse que as calças, camisas e vestidos já estavam recolhidos desde o meio-dia.

Depois da limpeza, Naná toma um banho morno, demorado, e deixa que a água tépida lhe acaricie, ritmadamente, as costas doloridas. Ao final do banho, o torso recuperado até a manhã do dia seguinte, sente-se outra: é mais jovem e bela, o peso dos anos e dos ombros escorre com a água. Seca-se com prazer, a toalha percorrendo pausadamente todos os poros e reentrâncias do corpo, demorando-se um pouco mais aqui e ali.

Depois, veste-se, a roupa limpa revigora-a ainda mais. O vestido é sempre liso, escorrido, e a ausência de estampas costuma deixar ainda mais liso e escorrido o corpo de Naná. Mas, definitivamente, ela não se importa com isso – ou, ao menos, não parece se importar. Gosta dos vestidos como eles são, o corte simples e as cores esmaecidas – brancos, rosados, amarelos, azul-celestes –, porque não gosta de chamar atenção. O que mais a incomoda é ser notada: prefere levar os dias sem que os outros a vejam.

Quando já está completamente vestida – Natélia ainda coloca uma gota de perfume atrás de cada orelha, talvez mais para cumprir um ritual do que propriamente para sentir-se cheirosa –, procura alguma coisa para fazer: acomoda as almofadas no sofá da sala; passa uma flanela sobre o aparelho de televisão; espana a garrafa de champanhe que Nicolau ganhou do patrão num certo Natal e que ornamenta, distinta, a estante, ao lado de um gato de porcelana amarela e algumas fotos emolduradas do casal sorrindo em frente à casa, do casal sorrindo à beira-mar, do casal sorrindo com o cachorro no colo e do casal sorrindo com outro casal sorrindo. Se não há nada a fazer, vai até a área, para ver se ainda há água na vasilha de Anacoluto ou sobras na pequena terrina plástica, de bordas trincadas, onde o animal faz as suas refeições. (Nicolau ouviu, ou leu, em algum lugar, que os cães devem ser alimentados uma vez por dia. Naná, entretanto, não acredita em tal perversidade: além do almoço, serve-lhe, todas as noites, alguns pedaços de pão molhados no café com leite, que o animal come com a voracidade e o desalinho de um náufrago.)

Mas nada disso tira a atenção de Natélia. Enquanto se desincumbe dessas tarefas desnecessárias, tudo que faz, na verdade, é esperar. Espera Nicolau, que deve estar chegando a qualquer momento – espera com o coração leve e o ânimo de menina. Espera pelo passeio que o casal dá à tardinha – provavelmente a melhor hora do dia –, para o qual saem tão logo Nicolau lave as mãos e o rosto.

Naná e Nicolau vão, juntos, até o minimercado próximo para comprar o pão e os dois litros de leite costumeiros. Vão devagar, olhando o movimento da rua – e Naná sorve cada nova cena dessa caminhada como um presente caro que lhe fosse dado.

Quando saiu do trabalho, naquele dia, Nicolau ainda tinha os mesmos olhos cansados, o jeito retaco e os passos tristes. Mas já não era o mesmo.

O casaco estava no armário, mas Nicolau não se deu conta disso, os pensamentos distantes, a consciência abrindo-se a marretadas – um, dois, três, quatro – foi contando os passos até a saída do restaurante, – sete, oito – passando por entre as mesas brancas e as toalhas cor-de-rosa, evitando olhar para a porta fechada da sala do patrão, – doze, treze – abrindo a porta com um toque suave e o vento da rua enchendo-lhe o rosto e o peito, mas não tão frio a ponto de fazê-lo lembrar do casaco, a tarde madura exibindo-se ante ele, e saiu em direção ao ponto de ônibus, mas sem notar que ia por aquele caminho, decidido a andar até em casa, a pensar sobre os passos, como dizer a Naná, mas havia muito tempo ainda, todo o tempo do mundo, só que não podia e não queria este tempo, tinha mais de quarenta anos, e todas as horas incertas eram tempo perdido.

Das outras vezes em que saíra de um emprego fora diferente: era jovem ainda e o corpo lhe obedecia, a garagem, o edifício em construção, o "Saint Nicholas", o cheiro fétido do curtume; tudo era mais fácil. Era jovem, jovem, e agora não, a velhice começava a soprar-lhe nos cabelos, quase cinqüenta, não haveria quem desse emprego a um velho; "velho não", ele ria sem graça quando Natélia brincava que a vida começa aos quarenta, e de novo lhe veio a imagem de Naná à cabeça, tentando sempre a alegria. Nicolau caminhava e pensava mais nela do que em si; o patrão não a conhecia e a condenara, talvez, à miséria, e isso era injusto, porque por mais estrangeiro que fosse, ele não tinha o direito de fazer isso a alguém que não conhecia, e os amigos do restaurante, estes haviam sido amigos até o final do expediente, mas não os culpava de modo algum, não queria a sua condescendência e a sua piedade, e eles também possuíam as suas Natélias, os seus filhos e os seus cachorros, prisioneiros do vício estranho de comer todos os dias.

Nicolau caminhava cada vez mais rápido sem saber por quê; reparou que não eram felizes os rostos que enxergava na rua: a moça alta e loira, que agora passava, ostentava na face a marca do amor acabado; o homem gordo e em mangas de camisa, caminhando sem norte – quem sabe o seu problema fosse o aluguel ou alguma prestação atrasada. Nicolau não fazia prestações com medo de não poder saldálas; mesmo o velho bem vestido que vinha em sua direção parecia triste, talvez pelo simples fato de ser velho. Nicolau enxergava a si mesmo vinte anos mais tarde, a aposentadoria bruscamente interrompida por uma máquina, e cada vez mais percebia as injustiças que o rodeavam e que ele tentara ignorar aqueles anos todos, e os empregos anteriores também: da construção civil fora demitido sem nenhuma explicação maior que um alegado corte de despesas, a garagem tendo sido vendida para gerar mais lucro e os empregados sem conseguir saber o que estava acontecendo; a fúria imbecil do coronel reformado, isso há quantos anos; agora, o gringo filho da mãe, "por que não morrera na guerra?"; "aqui a máquina de lavar vai ficar bem", ele dissera com aquele sotaque irritante – como é que deixavam um gringo ter três restaurantes, e ele, nascido aqui, criado aqui, mais de quarenta anos e sem nada. Era uma espécie de raiva consciente o que Nicolau sentia dentro de si próprio; olhou, então, novamente o relógio e concluiu que o ônibus já devia ter partido há mais de dez minutos, e outro só dali a meia hora, "mas estes ônibus nunca andam mesmo no horário, e hoje eu vou a pé pra casa, cruzar a cidade em cima de minhas pernas; Natélia pode fazer as compras sozinha". Doía-lhe o coração quando se lembrava de Natélia – ela era a célula maior de seu sofrimento –, se fosse só ele não haveria problema, dava-se um jeito, mas, não, havia a esposa e o cachorro. E Anacoluto? O que fazer com o cachorro? Quem sabe, vendê-lo? De jeito nenhum, o pobre animal não merecia que pesassem sobre ele as conseqüências e Natélia não admitiria isso, e, além do mais, quem seria capaz de comprar um cachorro com um nome tão besta?

Nicolau tropeçou numa mulher que carregava duas sacolas: ela ficou esbravejando enquanto ele prosseguia em seu caminho sem a ouvir; melhor assim. Quem sabe ele lembrasse que havia sido num encontrão que achara Natélia e aquilo lhe azinhavrasse ainda mais o coração, tanto tempo atrás. Agora era quase um velho, a palavra não lhe saía da cabeça – velho, velho, velho –, mas por trás ainda havia outra pior – desempregado, desempregado, desempregado –, vontade de atear fogo no restaurante: morreriam dono, pratos e máquina de lavar, nunca mais os restos de um prato seriam servidos em outro.

Alguns acham que podem tudo contra aqueles que não têm voz, cujo grito é mudo, mas que injustiça, e quantas injustiças lhe passavam cotidianamente pelos olhos sem que se desse conta – a anciã envolta em trapos, sentada num canto da calçada, uma garrafa de cachaça vazia ao lado, a dor de toda uma vida nas rugas do rosto, comendo um pedaço de pão seco, e ninguém parando, ninguém parando. Agora é que Nicolau via que ninguém parava, nunca: o homem de gravata seguindo em frente, a mulher fingindo não ver, o menino desviando o seu caminho – ninguém parava e ela poderia morrer ali que ninguém pararia, talvez porque a velha rescendesse a mijo e a merda seca; quantos existiam assim naquela cidade, sem nada, esperando que alguém parasse?

Nicolau vai pensando e seguindo adiante sem parar, mas já é outro, já tem os olhos abertos – justiça não é palavra para ficar no dicionário –; olha o relógio, embora não se importe mais com as horas, há muito já passou do ponto do ônibus e decidiu que voltará a pé para casa, assim pensa, e economizará o dinheiro da passagem – "economizar será necessário, tudo está tão caro, o pão e o leite de todo dia num preço absurdo, o feijão e o arroz quase proibitivos, os legumes e as verduras custando uma exorbitância, carne só duas vezes por semana"; salvava-se porque almoçava no restaurante, "mas, e agora?" Daqui a uns dias estarão comendo merda, é isso, merda: pão de merda, bife de merda, bolinho de merda, salada de merda, sopa de merda, mas aí os ricos vão arrumar uma maneira de encarecer a merda, e o gringo pegará os restos para servi-los a outro freguês.

Nicolau anda rápido e devagar, quer chegar cedo em casa e não quer chegar; uma lufada mais forte de vento traz-lhe à mente a lembrança do casaco esquecido no armário da cozinha, mas não voltará para buscá-lo, não voltará, o frio não é tanto assim e, mais que tudo, não quer ver o patrão: o patrão que nunca o destratou, sempre mereceu sua consideração, distante, mas cortês, de poucas palavras, mas nunca negando uma resposta. Por que tinha feito aquilo na frente de todos os outros?

Nicolau talvez tivesse sentido ainda mais por ter sido assim, por ter sido tão frio e impessoal, e indireto, principalmente indireto, "a máquina de lavar vai ficar aqui", teria sido mais correto chamar Nicolau à sua sala, sozinhos os dois, e dizer-lhe, claramente, "você está despedido, estamos trocando as suas mãos por fios, peças e pedaços de latão", Nicolau entenderia mais facilmente; não, não entenderia, mas, ao menos, seria tudo mais limpo. "Será que ele vai falar comigo amanhã?", "e se eu não for trabalhar amanhã?"; fica imaginando a cena, mas o patrão não teria o gosto de vê-lo soçobrar, sempre fora discreto em suas emoções e não seria uma mera demissão que o faria diferente, "mera demissão", Nicolau riu consigo mesmo.

Demissão depois dos quarenta nunca é algo simples, é sempre um ato complexo, ao menos para quem é demitido.

As vitrines da rua iam passando, uma atrás da outra, e ele olhando-as sem atenção, absorto em suas preocupações, mas o broche da joalheria chamou-lhe os olhos, grande, dourado, assemelhando-se às pétalas de uma rosa, pedante em sua beleza. Natélia gostaria de ter algo assim, "será que iria ao mercado com o broche no peito?", e Nicolau se enfurecia, queria desviar-se, mas era só Naná quem aparecia em sua cabeça, o broche nunca mais, Naná perdendo a cor da vida atrás de uma máquina de costurar, "sempre as máquinas", furando-se com as agulhas e incomodando-se com as freguesas que sempre queriam a manga mais comprida ou a barra mais curta; o broche custava mais do que uma máquina de costura, daquele tamanhinho e custava mais. Natélia guardava em casa algumas jóias que não usava nunca, herança da mãe – herdara apenas para lembrá-la.

Nicolau recorda a sogra com saudade, mas não é hora, não é hora de ficar relembrando a sogra, quando o que mais importa é a esposa que está viva e come, Natélia, Naná, Natélia, o patrão, "gringo filho duma puta"; agora sabia o que era injustiça, abrira os olhos, "os pratos sempre tão limpos", nunca houvera reclamações; "está certo, uma ou outra claro que sim, mas também em todos aqueles anos era impossível que não tivessem acontecido". Agora, sim, queria ver, "uma máquina que não sabe se o prato está limpo ou não, se não há um fio de massa preso à faca ou ao garfo, uma máquina que faz o seu serviço e deixa passar, acabou ali, os clientes não lhe importam".

Nicolau, ao contrário, se importava com os clientes porque tinha amor pelo que fazia, pensou nisso e sentiu um nó grosso apertar-lhe a garganta, mas não, não, não iria chorar por causa de um monte de pratos sujos ou de uma pia malcheirosa, não iria lamentar, conseguiria outro emprego facilmente; ele repetia que conseguiria, mas sabia que não era bem assim, tentava enganar-se, mas não conseguia. "Mais de quarenta anos, quem vai empregar alguém com mais de quarenta anos?", e, na verdade, estava sendo benevolente consigo mesmo, eram quarenta e sete, quase cinqüenta, cinqüenta eram meio século, "e como se chega rápido ao meio século e como se perde o emprego em um segundo"; acordara empregado e calmo, e agora ia dormir desempregado e intranqüilo, isso se dormisse, pois o mais provável era que passasse a noite rolando na cama, de um lado para o outro, e Natélia, solidária com a sua insônia, também acordada, preocupada com aquela repentina falta de sono e perguntando-lhe "o que está havendo?", e ele respondendo "nada, dorme, não há nada, estou sem sono, às vezes me acontece", mas ela saberia que havia algo errado, ainda mais porque chegaria em casa fora do horário, mas insistiria que não era nada, "pura insônia", porque já decidira que não contaria nada a Natélia enquanto não tivesse conversado com o patrão, enquanto não houvesse colocado tudo em pratos limpos, pratos limpos lavados na máquina.

O sarcasmo doeu-lhe fundo, mas não conseguiu evitá-lo, e a atenção de Nicolau foi desviada, inopinadamente, pelo louco que dançava em frente a uma loja de discos, os frangalhos do paletó sacudindo aos seus movimentos desencontrados, os balconistas da loja rindo num misto de escárnio e medo. O louco dança e segura com força um pacote cujo conteúdo é um mistério para todos, as pessoas passam e desviam, saem do seu círculo de dança, alguns rindo e outros fingindo ter pressa. Nicolau pensa que o louco é mais um, tem mais ou menos a sua idade; "quem sabe não era lavador de pratos antes de enlouquecer?"; ninguém, além das meninas, presta atenção nele, que continua com seus passos e trejeitos, o embrulho apertado contra o peito. Nicolau gostaria de saber o que há ali dentro, parece ser o que de mais valioso o doido possui, mas o valioso podem ser apenas duas toalhas e uma caneca de louça ou um pijama rasgado e um par de óculos, ou até mesmo trapos sujos encontrados em alguma lata de lixo, mas o louco dança feliz com o seu pacote, inconsciente do medo das funcionárias e indiferente ao descaso planejado dos transeuntes; dança para si e não para os outros, e, se acaso lembra-se de algo, deve ser fato merecedor de memória, mas Nicolau só vê a cena sem saber o que o louco pensa, considera aquilo tudo muito deprimente, não sabe bem a razão, senão que é deprimente: um louco no meio da rua, e ninguém o vê, os olhos enxergam, mas não o vêem; "quanta indiferença, meu Deus, quanta indiferença, as pessoas estão vivendo para si e para mais ninguém". Se Nicolau cair agora no chão, desmaiado, com certeza ficará atirado por lá, até que apareça alguma alma piedosa por exceção e dele se compadeça, e o levante e o tire do caminho, e lhe passe um lenço molhado no rosto. Nicolau se dá conta de que é difícil viver, e, pela primeira vez, sente-se feliz por não ter filhos. Natélia queria tanto, mas não podia; na verdade, era ele quem não podia, mas não gostavam que alguém soubesse. "Imagina só perder agora o emprego com um filho em casa, é claro que há o cachorro que Naná trata como se fosse uma criança, só faltou ser batizado, mas não é a mesma coisa"; nem devia fazer comparações desse tipo, e só o faz porque as idéias ainda não estão completamente em ordem depois do baque, seco, rápido, "a máquina de lavar fica aqui", o homem de macacão concordou sem nem olhar para Nicolau – falta de coragem; mas, na hora, Nicolau também baixara o olhar, dissimulara, mas isso naquela hora; agora não, agora seria diferente, tinha certeza; agora saberia encará-lo, e com firmeza, o que, na verdade, não mudaria em nada os fatos, mas traria uma paz benfazeja à sua consciência; se o encontrasse agora iria olhá-lo nos olhos, porque algo dentro de si havia mudado, talvez um Nicolau dormente tivesse acordado dentro de Nicolau; não sabia bem o que havia acontecido, não tinha certeza, mas algo mudara, como um estalo brutal que ligasse dentro dele o botão da verdade, um estalo que doía, mas que era necessário e bem-vindo; Nicolau só lamentava que ele tivesse acontecido tão tarde, aos quarenta e sete anos, e não quando fora demitido da garagem, quando lhe eram mais vigorosos os braços e a mente, mas isso já não importava, de alguma maneira havia acontecido e ele sentia que, dali em diante, saberia enxergar as coisas com os olhos erguidos.

Era isso: quando saiu do trabalho, naquele dia, ainda tinha os mesmos olhos cansados, o jeito retaco e os passos tristes.

Mas já não era o mesmo: seus olhos estavam abertos.

Seis horas da tarde e Nicolau deveria estar chegando.

Natélia já está de banho tomado, casaco de lã fina por sobre o vestidinho liso, e aguarda a chegada do marido. Resolve sentar-se na área, na tosca e antiga cadeira de balanço que herdou da mãe, para ir ao encontro dele tão logo apareça na esquina. Gosta de esperá-lo sentada na área; não chega a incomodá-la o frio daquele fim de tarde. Tantos dias mais frios já passaram sem que a afugentassem para dentro de casa! Só aguarda na sala quando o frio é excessivo ou quando ainda tem um resto de serviço por fazer. Se isso não acontece, com certeza está lá fora, balançando-se com vagar na cadeira, olhando o raro movimento em frente à casa e esperando a figura do marido dobrar a esquina. Sabe que Nicolau fica feliz ao vê-la caminhando em sua direção, um sorriso de boas-vindas estampado no rosto, perguntando-lhe, já de longe, se o dia fora muito pesado. Anos e anos, e a rotina é invariável: Nicolau arregala os olhos num misto de simpatia e cansaço, suspira como se estivesse num palco e responde que o dia foi duro, muito duro, enquanto Naná olha-o com ternura e resolve silenciar sobre a dor que lhe atravessou as costas e cortou a sua tarde. É assim todos os dias, e Natélia sabe que essa espera já é parte de sua vida, algo que se faz sem que seja necessário preparar-se, algo que se faz simplesmente porque se faz e porque se considera correto que seja feito. Tanto ela como Nicolau têm consciência dessa espera e de sua importância; numa vida tão vazia de novidades, nada melhor que tornar o cotidiano algo novo a cada dia. Desse jeito, Naná espera Nicolau todas as tardes, como se cada uma delas fosse a primeira. E o marido, ela sabe, também tem, dentro de si, a sua espera diária: ele espera pela espera de Natélia.

As horas sempre marcaram com força a vida de Naná. Eram cerca de seis horas da tarde quando viu Nicolau pela primeira vez; bolsa e pacotes no chão, o ombro dolorido com o encontrão que ele lhe dera em meio à pressa. Era pouco mais de seis horas, ela lembra com maior exatidão: ela saía da loja às seis, mas naquele dia demorara-se um pouco atendendo uma última freguesa que – espantoso que ainda se recorde! – acabara levando para casa um sutiã cor-de-rosa. Assim que eram seis e cinco, talvez seis e dez, quando Nicolau apareceu em sua vida, sem o mínimo charme, quase derrubando-a ao solo. Mas, na memória, permaneceu mais clara a hora cheia: eram seis, seis da tarde.

São sete horas, e Nicolau deve estar chegando. A cadeira de balanço agora, está vazia. Natélia levantou-se e, inquieta com a demora, buscou algo para fazer, para exercitar as mãos e desviar o pensamento. Assim, espana os móveis da sala e olha as horas, passa um pano na máquina de costura e olha as horas, ajeita as almofadas do sofá e olha as horas. Às vezes, vai até a frente da casa e olha para a rua, na esperança incerta de que ele já esteja chegando. Mas não, não é ele – e Natélia, mais uma vez, olha as horas. Os que passam têm a mesma roupa amarfanhada, os mesmos olhos tristes, os mesmos passos cansados, o mesmo desânimo do trabalho e a mesma inconsciência da própria força, mas Nicolau não aparece. Natélia troca as almofadas de lugar e olha as horas, conserta uma imaginária inclinação da *Santa Ceia* que domina o branco da parede e olha as horas. "Ele já deve estar chegando", pensa, enquanto decide ir sozinha ao minimercado antes que feche e o casal fique sem pão e leite para a noite e o café da manhã. O minimercado fica na mesma direção da parada do ônibus onde o marido costumeiramente desce, e Natélia segue pelo caminho sem olhar vitrines, ansiosa e quase perplexa com aquele atraso inexplicável, buscando com os olhos todas as pessoas que se aproximam, na esperança de que uma seja ele. Mas nada, Nicolau não aparece e, enquanto entra no minimercado, tenta tranqüilizar-se, pensando que o marido talvez tenha descido no ponto seguinte e que, quando voltar para casa com as compras, o encontrará tranqüilamente instalado, doido de fome e reclamando que o dia tinha sido duro, muito duro. Escolhe uma bisnaga e dois litros de leite, não atinando em pensar se falta alguma outra coisa, preocupada com o atraso de quase duas horas. Quando o dono do minimercado, um italiano de fala alta e simpática, pergunta-lhe onde está Nicolau, percebe, na realidade, que não possui a menor idéia do paradeiro do marido, mas ouve-se dizer, quase com convicção, que ele tinha ficado preso por mais tempo no restaurante, em vista de uma recepção que havia acontecido ao meio-dia. E mais não diz, "melhor deixar assim".

Enquanto volta para casa, a sacola bem segura pela mão esquerda, acende em si, mais uma vez, a expectativa de que o marido já esteja em casa. Desse modo, caminha mais rápido, a esperança e o medo andando juntos dentro dela, e sorri sozinha no meio da rua, porque tem a secreta certeza – não sabe por quê – de que ele já estará lá. Anda ligeiro, um passo mais rápido que o outro e, afinal, quase corre, mas os passos parecem tornar-se lentos e a ansiedade é tomada pela incerteza quando vê que o bilhete que prendeu no trinco da porta ainda está lá e que todas as luzes da casa permanecem apagadas.

Casaram-se às sete da noite, nos últimos brilhos da luz do dia. A igreja quase vazia, dez ou doze convidados, o padre cujo nome há anos ela e Nicolau tentavam trazer de volta à memória. Lembra-se, isso sim, das roupas que ela e o marido usavam. Natélia vestia branco, estava inteiramente de branco, e achava-se a mulher mais linda do mundo dentro de seu vestido; nos cabelos, uma flor de laranjeira, única e absoluta, pedido da mãe que ela achara por bem atender. Nicolau trajava um terno preto, e notava-se, pelos seus modos, que era a primeira vez na vida que usava uma roupa de tamanha elegância. Os sapatos, apesar de pretos, estavam em inexplicável desacordo com a roupa, e o marido parecia saber disso – caminhava com timidez; escondia os pés como se os sapatos fossem menores que o necessário. A gravata era preta com listras brancas, e o nó que a prendia era impecável, preciso – mas, mesmo assim, ela pendia para a esquerda, o que empres-

tava a Nicolau o ar desolado de um pêndulo paralisado. Fora simples e bela a cerimônia. O padre – como era mesmo o nome dele? – foi rápido em seu sermão, mas corretas as poucas palavras que disse a respeito da suprema decisão de ambos e da abençoada indissolubilidade do casamento. Ela prestara atenção a tudo; Nicolau, nem tanto: os sapatos incomodaram-no durante toda a cerimônia.

São oito horas, e Nicolau deve estar chegando.

Natélia come vagarosamente, mastiga sem sentir uma fatia de pão com manteiga e queijo, enquanto o café esfria na xícara sem que ela perceba. Mastiga como se comesse um pedaço de tijolo ou uma tábua de madeira, alheia ao sabor.

Naná pensa em Nicolau e procura achar motivos para não se desesperar. Lista as possibilidades, embora, na verdade, não acredite em nenhuma delas: talvez uma festa-surpresa para comemorar o aniversário de algum colega, talvez o trabalho extra decorrente de um coquetel no final da tarde, talvez algum problema na cozinha, e Nicolau – como sempre solícito – tenha se oferecido para auxiliar o conserto, talvez... Mas Natélia não encontra mais "talvez", e aqueles que possui não bastam para acalmá-la. Mas procura manter-se em uma calma fictícia, fabricada na fraqueza das hipóteses, para não se desesperar e sair pela rua chamando por Nicolau ou rumar direto à polícia, perguntando por seu desaparecimento. Sorve um gole de café, um gole pequeno e inseguro, enquanto olha para a cadeira vazia do marido. A mesa está posta para duas pessoas. Em frente ao lugar de Nicolau, estão colocados a sua xícara e o pires, os talheres perfilados e um pequeno prato para que, quando chegue, faminto e cansado, possa comer as suas fatias de pão e um pouco de arroz com a carne que sobrou do almoço. Ela termina de comer e levanta-se sem vontade, levando a louça suja para a pia – é Nicolau quem costumeiramente a lava, enquanto ela tira a comida da mesa. Deixa a louça na pia, é importante que seja assim: deixar a louça para que Nicolau a lave mais tarde representa, agora, o quanto ainda acredita na normalidade da situação, o quanto ainda busca crer na chegada do marido, daqui a pouco, sem demora, explicando-lhe com um jeito cândido o motivo – e ela verá que é óbvio – do atraso, colocando um final tranqüilo em todas as suas preocupações. Naná tira da mesa tudo que precisa ir para a geladeira, enquanto o resto é cuidadosamente coberto por um pano de prato rendado à espera de Nicolau. Em seguida, passa os olhos pela cozinha e vê que a peça – à exceção da pia – está em ordem. Constata, com uma consternação melancólica, que não há mais nada a fazer, nada a arrumar, nada para espanar ou varrer – ela preferia, nessa hora, ter algo que a ocupasse, que a mantivesse com o pensamento distante da espera. Mas não. Assim, decide ligar a televisão, a novela já está começando, e pensa que terá que contar o capítulo a Nicolau. Senta-se em frente ao aparelho, mas, na verdade, não presta atenção ao que se passa na tela: enquanto os amantes se beijam e os casais se traem no meio da história, Naná pensa no marido que não aparece.

64

Eram oito horas de uma noite clara e fresca quando Nicolau entrou, pela primeira vez, na casa em que ela e a mãe moravam. Chegou nervoso, marcado por uma solenidade incomum, e Natélia nunca esqueceu que usava uma meia de cada cor. Aliás, talvez naquele momento tenha se apaixonado, definitivamente, pelo marido: sentiu-o tão desprotegido, tão necessitado de alguém próximo, que o cuidasse, embalasse e entregasse o par de meias correto quando fosse necessário, que soube, dali em diante, que teria que ficar com ele. Nicolau, naquela noite, conversara algum tempo com sua mãe, enquanto ela, arrumando-se para irem ao cinema, entrava e saía da sala, apenas para dizer que estaria pronta dentro de um minuto. Ele respondia às perguntas da mãe com frases curtas – calado, como de costume –, mas bem-educadas e atenciosas. A sogra gostou do rapaz: notou, de início, que era um homem sério e confiável; o fato de não ser dado a conversas não o desabonava de modo algum. Conversaram sobre vários assuntos, e sobre todos Nicolau tinha algo a dizer. Dizia-o rapidamente, mas dizia – e Natélia soube que isso agradara à mãe. Assim, vestiu-se com leveza no corpo e no espírito e, quando se aprontou, os olhos azuis retinindo de uma ansiedade feliz, tinha certeza de que a bênção que receberiam da mãe seria sincera. E assim foi: a mãe despediu-se dele com um sorriso amplo e espontâneo, deu um beijo no rosto da menina e, a mão apoiada levemente na face da filha, disse: "Vão com Deus." Caminhando para o cinema, Natélia parecia sentir o peito respirando felicidade pura, enquanto, ao seu lado, um homem calado e de meias

*trocadas olhava absorto os próprios passos e pensava consigo
mesmo que estava se apaixonando por aquela menina.*

São nove horas, e Nicolau deve estar chegando. A novela está terminando, mas, para Natélia, isso não faz qualquer diferença. Não sabe, na realidade, nada do que aconteceu no capítulo – e, mesmo que chegasse a aperceber-se disso, não estaria preocupada: no dia seguinte saberia, perfeitamente, toda a história. Pensa no marido com temor, o temor que lhe inflige o súbito desaparecimento, mas também com uma espécie de raiva – a raiva alimentada pela esperança de que ele chegue no próximo minuto sem que nada de mau lhe tenha acontecido. E ela acredita, verdadeiramente, que o marido está bem. As notícias boas custam a chegar, mas as ruins, ao contrário, chegam logo – e é com base nesta lógica arcaica e singela que ela solidifica a sua crença.

A novela terminou, o próximo programa é um humorístico do qual não gosta, e às outras estações ela não costuma assistir. Desse modo, seria lógico que desligasse a televisão, mas não o faz; quer deixá-la ligada enquanto ainda está de pé, buscando sem descanso algo para fazer, a fim de que não se sinta tão sozinha. É isso: os risos e as piadas lhe farão companhia, mesmo que não veja neles a mínima graça. E, enquanto gracejam os personagens e explodem na televisão as risadas encomendadas, ela prossegue na busca de algo para fazer. Mas não há nada, exceto a louça para lavar.

Natélia quer pensar que o marido está trabalhando e que, desse modo, voltará à casa mais cansado do que de costume. Além do mais, chegará tarde – já é tarde! – e lavar pratos no meio da noite – "quem sabe não chegará de madrugada?; os ônibus são raros nessas horas mais adiantadas" – quebrará definitivamente a rotina invariável da casa, que tanto ela como o marido buscam, zelosamente, manter, na busca de uma tranqüilidade mediana. E é assim que Naná se levanta do sofá onde assiste, penosamente, ao programa e, dirigindo-se à televisão, aumenta o volume, no exato momento em que um comediante gordo e alto termina de contar uma piada e soam ainda mais fortes as gargalhadas no aparelho. É esse o volume que deseja: quer continuar ouvindo a televisão enquanto estiver na cozinha, lavando a louça.

Nove horas. Nove horas da noite, nove horas da noite... Por mais que Natélia preste atenção às horas e guarde para sempre as que considera mais importantes, não consegue se lembrar de nada merecedor que tenha acontecido às nove da noite. Com Nicolau, nada; com a mãe, nada; com o pai, nada – e ela busca na infância os passeios e as conversas entre eles; com Anacoluto, nada. Não: nada havia acontecido com ela ou com qualquer pessoa que lhe fosse cara às nove da noite. Aliás, Anacoluto nem contava: não podia, por mais próximo que fosse, ser contabilizado como pessoa. Era quase isso, mas não era isso. Desse modo, as nove horas eram mortas no relógio de Natélia.

São dez horas, e Nicolau deve estar chegando.

Ela pensa que não adianta ficar esperando, pois quanto mais pensa em Nicolau, mais aumenta seu desespero manso e contido que a faz agarrar com inesperada força a vassoura com a qual varre as migalhas caídas no chão quando transportava os pratos para a pia. Melhor dormir. Melhor, ao menos, tentar dormir. Sente, entretanto, que precisa tomar um banho antes de se deitar; as costas, percebe agora, doem-lhe terrivelmente, todos os músculos do corpo tensos como o nó cego que envolve o pescoço do enforcado. Massageia lentamente as próprias costelas e não consegue reter os gemidos de dor e alívio que a pressão das mãos lhe provoca. É Nicolau quem costuma massageá-la quando a dor aumenta, essa dor fulgurante que a faz dobrar o corpo e chorar de agonia quando se torna mais intensa. Agora, não: a dor está calma, controlável; sente que as costas não a impedirão de dormir durante a noite.

Mas há Nicolau, há a sua ausência; isso, ela pensa, fará com que role na cama ao longo das horas, tentando dormir, morrer por um tempo, até o momento em que acorde e veja o marido ressonando ao seu lado, e assim perceba o quão desnecessários haviam sido os pensamentos aziagos que, naquele momento, tenta distanciar de si. Pensa nisso enquanto já se desnuda para o banho, o espelho acima da pia surpreendendo-a com um reflexo agradável: não sabe por quê, a aflição da espera – provavelmente é isso – faz com que se veja mais bonita do que realmente é: não lhe aparecem tão flácidos os seios, e as rugas precoces do rosto parecem ter dado lugar a uma face tranqüila e densa, como a de um suicida que vence a sua derradeira luta. Gosta de si, apesar de tudo, e os olhos azuis, azuis brilham em meio à tristeza.

Entra no banho e envolve-a uma água tépida, poderosa, que lhe acaricia as costas e todo o corpo, rejuvenescendo-lhe a esperança e revigorando-lhe um pouco do viço perdido em frente às linhas e agulhas. Massageia-se sem pressa e os toques lhe dão prazer; ela se sente como há muito não sentia, e deseja que o marido chegue logo e que não esteja tão cansado do peso do dia, para que possa acalmar o fogo que a água morna acabou acendendo. E continua se sentindo, e pensa em Nicolau e em quantos anos passou sem fazer aquilo, uma mistura de vergonha e delícia, que levam suas mãos a esquecer o sabonete e busquem, cada vez mais rápido, arrancar de si aquele calor que lhe arrebata o peito e escancara as coxas. E como Nicolau não chega, ela prossegue, quase quer parar, mas não consegue, já não lhe obedecem as mãos, e o corpo pede que continue; tenta não pensar na palavra *tesão* porque sempre a considerou obscena, mas ela lhe invade a mente cada vez com mais força, com mais força, num crescendo delirante e arrebatado, até que explode subitamente o calor que lhe aprisiona as veias, e nascem nos olhos lágrimas de vergonha e libertação, e ela murmura, com pasmo e ternura – Nicolau, Nicolau, Nicolau.

Nem que viva mil anos, Natélia esquecerá a importância das dez horas. Namoravam, ela e Nicolau, na sala à meia-luz, enquanto a mãe fingia dormir no quarto ao lado, ressonando com força a cada silêncio mais suspeito. Foi num desses silêncios. O beijo foi demorado e Nicolau pareceu tirar dele a seiva que alimentou sua coragem e expulsou sua timidez: quando Natélia deu por si, havia sido pedida em casamento. Naná olhou para o homem à sua frente, como a certificar-se do que ouvira, e viu um rosto afogueado e intenso, dois olhos ansiosos aguardando a resposta. Desconcertada e feliz, louca de vergonha e arrebatamento, só conseguiu pensar em ver as horas. O abajur distante, teve dificuldade em visualizar os ponteiros, mas quando conseguiu vê-los com firmeza, o ponteiro pequeno repousando sobre o dez, e o grande, elegantemente instalado sobre o doze, soube que as dez horas lhe seriam especiais durante toda a vida. Fechou os olhos, escondendo o azul por alguns segundos, e viu-se casada. Quando os abriu, notou que crescia a ansiedade nos olhos de Nicolau. Beijou-o levemente na ponta do nariz, pegou-lhe as mãos e reparou que tremiam. Naquele momento, sentiu-se verdadeiramente amada, mais amada do que nunca. Sorriu, baixou os olhos e disse que sim.

São onze horas, e Nicolau deve estar chegando.

O arrebatamento do banho cedeu lugar à antiga inquietação da espera. Natélia já está deitada e tenta ler uma revista em quadrinhos, mas as frases parecem dançar na sua frente sem alcançar-lhe a compreensão. O banho deixou-lhe o corpo mais relaxado e o espírito mais tranqüilo, mas não a ponto de conseguir prestar atenção aos quadrinhos. Dormir, dormir é o que deve fazer. Levanta-se e apaga a luz, volta tateando a cama (é apenas por costume: após anos sem mudar os móveis de lugar, Natélia é perfeitamente capaz de percorrer, incólume, toda a casa, de olhos fechados). Deita-se e permanece imóvel, como se desse modo fosse mais fácil de ser achada pelo sono. Mas o adormecer é difícil: sente falta do ressonar pesado de Nicolau, de seus resmungos, do desassossego com que avança em seu sono intranqüilo. Mexe-se, por fim, os olhos ainda fechados, e parece-lhe que as costas de Nicolau teriam que estar ali para que pudesse abraçá-las levemente e dormir desse modo, aconchegada ao dorso do marido. Busca tranqüilizar-se, ele já deve estar chegando; mas quantas vezes, meu Deus, quantas vezes já pensou isso nesta noite? Muitas e muitas, mas sabe que é necessário prosseguir assim, pensar assim, para que lhe reste algo, para que prossiga existindo a tábua à qual possa agarrar-se, náufraga da incerteza, na esperança eterna de que a terra esteja próxima. Desse modo pensa, pensa novamente que Nicolau deve estar chegando e que ela vai ter muito o que lhe perguntar no momento em que entrar pela porta do quarto. Assim pensa e parece ver o rosto de Nicolau aproximando-se dela, mas já não é verdade: é apenas aquela ilusão que precede o primeiro sono. O rosto de Nicolau vai e vem, Natélia sabe que não é sonho, mas que também não é verdade, e, enquanto Nicolau parece cada vez mais distante e esmaecido, o sono vence-lhe a angústia e ela adormece.

Às onze horas da noite, os convidados do casamento foram embora. Foi nessa hora que ela e Nicolau se possuíram pela primeira vez. Mas as lembranças dessa hora Natélia guarda apenas para si.

São doze horas, e Nicolau só chega pela manhã.

Eram quase sete horas da noite, e Nicolau tinha dentro de si uma rebeldia recém-nascida que o enchia de coragem para desafiar o mundo. Sentia-se assim: sólido, novo, dono de uma força que jamais imaginara ter, reconstruído de anos em que se desfizera sem saber. Caminhava com um vigor quase insolente, descoberto há pouco, um viço inteiro e belo; em seus pés ressoavam os passos da justiça.

A justiça... Nicolau olhava as vitrines, desafiante, e sorria. Não havia mal nenhum em que não pudesse dar a Natélia, agora, um presente de valor maior, talvez um brinco ou um anel, ou ainda, quem sabe, um par de sapatos que combinasse condignamente com a saia marrom da esposa. Não havia problema, não havia motivo para envergonhar-se da pobreza. Ou melhor: havia, sim, e Nicolau, enxergando o passado com a visão da memória, aborrecia-se em se lembrar dos olhos no chão, da aquiescência servil e da muda indignação que ele teimava sempre em desconhecer de onde vinha.

Agora, não mais – e ele sorria, redescoberto. Agora encararia o patrão olho no olho, fosse quem fosse: branco ou preto, velho ou novo, gringo ou coronel. Poderia encará-lo sempre que quisesse, a mostrar que era um dos que, de agora em diante, já não se curvavam. E ser um dos que não se curvavam era o bastante para encher Nicolau de orgulho: o orgulho sofrido das independências tardias.

Mas, se Nicolau caminhava junto com o seu orgulho, também o acompanhava a incerteza do desemprego. A consciência que se abrira dentro de si à força de marteladas clareava-lhe ainda mais a lembrança de que tinha quase cinqüenta anos, nenhum emprego em vista, uma mulher e um cachorro para sustentar. Isso conseguia desnorteá-lo, fazia com que a satisfação do orgulho e os sorrisos que, de quando em vez, apareciam em seu rosto se parecessem, na realidade, com o delírio de um bêbado miserável: feliz enquanto bebe, mas louco de aflição por saber que não poderá pagar.

E assim Nicolau caminhava, querendo chegar logo em casa, mas decidido a não fazê-lo tão cedo, desejoso do amparo de Natélia, mas certo de que não a poderia ver agora. Tudo, para ele, ainda estava muito confuso.

Nicolau olhou no relógio antes de entrar na loja. Dez para as sete; havia tempo. Dispunha de dez minutos antes que as portas da loja começassem a ser fechadas, as luzes começassem a apagar-se lentamente, aqui e ali, e os vendedores começassem a olhá-lo não como um cliente, mas como um intruso, um empecilho. Mas os dez minutos eram tempo suficiente, as informações que queria não eram muitas. Decidiu entrar.

A moça que veio atendê-lo não chegava a ser bonita, mas havia nela algo que atraía Nicolau, sem que ele conseguisse precisar o que era. Talvez fossem as suas maneiras distantes ou o ar de estóica desolação que os óculos lhe emprestavam. Nicolau não sabia a razão, mas havia algo na vendedora que mexia com ele.

– Às ordens? – a voz não era solícita, e a pergunta soou como uma obrigação, educada mas ausente.

Nicolau pensou, por um momento, que era uma bobagem aquilo que faria naquele momento, algo infantil, desnecessário. Mas era tarde: a vendedora já estava ali, à sua frente, os olhos perguntando, com firmeza, o que ele desejava. Ademais, justificou-se, a besteira não era tanta; havia no ato uma boa dose de lógica e razão. Era óbvio, pensou, que estivesse curioso sobre o assunto. Desse modo, seguiria em frente.

– Boa-noite – ele disse.

– Boa-noite – ela respondeu.

Nicolau, entretanto, não sabia o que dizer mais. Esperava que a moça perguntasse algo, iniciando o assunto e tirando-o daquela vergonha inoportuna que começava a cobrir-lhe as faces, mas ela apenas o olhava. Só então se deu conta da singeleza de suas roupas, as calças cerzidas nos fundilhos e os sapatos gastos pelo barro dos caminhos, contrapostos à decoração faustosa e elegante da loja. Pensou que não conseguiria falar, a timidez explodindo no rosto. A vendedora salvou-o.

– O senhor deseja alguma coisa?

– Sim, desejo. – E Nicolau deu-se ares de importância, na esperança vã de que a moça considerasse o estado de suas roupas uma excentricidade divertida de um cavalheiro mui distinto. – Eu gostaria de dar uma olhada em máquinas de lavar louça.

– Pois não. O senhor me acompanhe, por favor. – Passaram pelos brinquedos e pelos materiais esportivos, e pararam em frente ao elevador.

– A seção de eletrodomésticos fica no quarto andar. Lá, o senhor será atendido por um vendedor especializado.

– Ah, sim.

Nicolau subiu os quatro andares tentando descobrir o que havia de tão interessante naquela moça, mas a viagem terminou antes que ele conseguisse se dar conta de que ela se parecia muito com a Natélia de vinte anos atrás.

Quarto andar. Um jovem engravatado veio em sua direção, talvez contrariado por ter de atender aquele cliente malvestido que chegava àquela hora.

– Às suas ordens? – A mesma maneira da moça, a mesma entonação, o mesmo jeito distante de perguntar. Nicolau antipatizou com ele: lembrava-lhe um garçom do restaurante que chamava os fregueses de doutor, mas cuspia fininho nas refeições deles.

– Eu gostaria de dar uma olhada nas máquinas de lavar louça.

– Pois não. Estão lá no fundo. O senhor me acompanhe, por favor. – Igual à moça, e Nicolau foi ficando bravo com aquilo.

Dirigiram-se, então, às máquinas, o vendedor olhando para o relógio, e Nicolau, para todos aqueles televisores, geladeiras, fogões com que tanto gostaria de presentear Natélia – mas agora não mais, agora seria mais difícil.

– Nós temos diversas marcas. O senhor preferiria algum modelo em especial?

– Um modelo comercial.

– Como assim? – O vendedor surpreendeu-se.

– Máquinas que possam ser utilizadas em restaurantes – Nicolau explicou, paciente.

O rapaz pensou por alguns instantes e Nicolau percebeu que ele ajeitava a gravata a toda hora, numa espécie de cacoete nervoso.

– Várias delas podem ser usadas em restaurantes. Eu mesmo já vendi muitas.

– Esta aqui – e Nicolau apontou uma máquina branca, pesada, simplória. – Qual é a capacidade dela?

O vendedor abriu-a para que o cliente pudesse observá-la com maior rigor.

— O senhor pode notar que ela é bem espaçosa.

— E lava todo tipo de louça? — Nicolau perguntou.

— E lava todo tipo de louça — repetiu o vendedor.

— Mesmo aquelas mais finas, mais delicadas? — Nicolau perguntou.

— Mesmo aquelas mais finas, mais delicadas — o outro repetiu.

— Mas será que ela é mesmo mais rápida do que um lavador de pratos? — Nicolau estava gostando do jogo, queria mais informações.

O outro surpreendeu-se, contrariado; só pensava em tirar a gravata, cujo nó o incomodava tanto o dia inteiro; pensava na rua e no caminho de casa; pensava no banho e no descanso; só não pensava, de modo algum, em quantos pratos aquela máquina limpava a cada lavagem, se os quebrava ou não, ou se era mais rápida do que um lavador. Não podia, entretanto, deixar o cliente sem resposta: as normas da casa assim exigiam.

— Acho que sim. Deve lavar mais rápido do que uma pessoa.

— Não! — Nicolau foi serenamente categórico. — Um bom lavador é mais ligeiro do que este robô.

"Um louco", pensou o vendedor, "um louco que chega na hora de fechar, quando todos os outros já estão indo embora. Mas as normas da casa. Isso: as normas da casa. Discrição, cortesia, educação, persuasão."

Persuasão: essa era a palavra, era dela que precisava.

— O senhor não gostaria de olhar um outro modelo? Talvez haja algo que lhe agrade. — E dirigiu-se, sem esperar resposta (técnicas de venda) a outra máquina, quase igual à primeira: alguns botões a mais e a forma menos rústica, estavam ali as diferenças.

– Esta talvez não seja mais rápida do que um bom lavador de pratos...

– Nenhuma é.

– ... porque é menor do que as outras, mas tem uma imensa vantagem: é extremamente econômica, gasta pouquíssima água ("ele não vai dizer que um bom lavador também gasta pouco; não vai, não vai; vai, vai, sim").

– Um bom lavador também gasta pouco.

"Claro. Melhor contar até dez. E, além do mais, há as normas da casa: 'o melhor é fingir que não escutou'."

– Além disso, ela está em promoção por um preço dos mais convidativos. – O nó da gravata incomodando, o sorriso trincando-lhe as bochechas.

Nicolau interessou-se.

– E quanto custa?

O vendedor disse-lhe o preço com um alívio profundo, como o delator que, ao confessar os nomes que lhe pedem, imagina que lhe cessarão imediatamente os castigos.

"Merda", pensou Nicolau, "merda". Uma maquininha daquelas, pequenina, esquálida, com jeito de inútil, custando tudo aquilo? Quantos meses de seu salário estavam ali? Quantas ensaboadas, quantas enxaguadas, quantos pratos limpos e secos e guardados? "Merda", ele pensou novamente; era só isso que conseguia pensar. Mas Nicolau, o mui distinto cavalheiro Nicolau, sabe que não é de bom-tom se assustar com as cifras. É necessário estancar a indignação e cobrir-se de toda a fleuma possível para que seja mais convincente a sua resposta.

– O preço não está ruim. É esta, com certeza, a mais barata, não é?

O vendedor assentiu.

"E as outras são todas mais caras", pensou Nicolau, "custam mais. Todas custando a mesma coisa e um dinheiro sem fim."

– E qual a garantia que se tem de que a máquina realmente funciona bem?

– A fábrica dá aos clientes a garantia de um ano. Se acontecer algo, é só levar em qualquer serviço autorizado que a devolverão como se fosse nova.

– E há outras cores além desta? – Nicolau não soube por que perguntava, já começava a cansar-se daquele curto jogo.

– Além do branco, temos modelos em marrom, bege e vermelho.

"Uma lavadora vermelha", Nicolau tentou imaginá-la mas não conseguiu. "Vermelha! O cúmulo da aberração! A coisa mais ridícula que podia existir em todo o mundo!"

– Se eu decidir comprar, vou querer uma vermelha.

– Uma boa escolha. – O vendedor olhou para o relógio e para os lados: sete e quinze, já não havia mais ninguém por perto.

– Mas hoje estou só olhando, pesquisando preços e modelos. Não se pode comprar na primeira loja em que se entra; o amigo entende...

Sim, o outro entendia.

– Mas, se comprar por aqui, vou procurar o senhor.

– Às ordens. – E ele deu um sorriso manso e pacífico, como o toureiro que pensa que a raiva do touro é toda contra a capa que ele brande ao seu redor e que o animal, na verdade, não enxerga.

– Então, até logo.

– Até logo. Foi um prazer. – Nicolau percebeu o cinismo da frase. – Deixe que eu o acompanhe até o elevador.

– Não é necessário. Vou descer pela escada.

E pôs-se a caminhar em direção a ela, na certeza de que iria fazer aquilo a que se propunha, que teria a coragem de dizer o que o engasgava desde que entrara na loja. Andou, lentamente, até a escada, preparando-se para o momento, saboreando-o desde já, louco daquela alegria moleque que precede as travessuras dos meninos. Quando chegou na beira da escada, parou e voltou-se.

– Moço.

O outro já se afastava, afrouxando a gravata e desabotoando a gola da camisa. Não tentou recompor-se em frente ao cliente, estava muito cansado. Apenas respondeu, tentando algo parecido com um sorriso:

– Pois não?

Nicolau demorou um pouco antes de falar –, queria ter certeza de que o outro escutaria a frase inteira.

– Estas máquinas que vocês vendem, sabe? É tudo uma merda só!

E desceu a escada, rindo como uma criança.

Á um ônibus, um ônibus imenso, corpóreo e gordo, rodando pela cidade. Está lotado, em todos os seus bancos há gente sentada. Ela não consegue, entretanto, definir as suas feições; não sabe se são homens ou mulheres, jovens ou velhos, negros ou brancos. Mas há algo que ela percebe com uma exatidão espantosa: todos estão tristes. Não lhes enxerga os rostos, mas lhes adivinha as expressões: tristes, os olhos esgazeados caídos pelo desânimo e as bocas apagadas, desfeitas pelo sofrimento. Ela não sabe por quê, mas pisca e, na próxima vez que enxerga o ônibus, cada vez mais próximo e cada vez maior, vê que em suas janelas há grades roliças e sólidas como as de uma prisão, e que não há saída disponível: o motorista também está cercado por essas assustadoras barras de ferro, e ele, tanto como os outros, está triste. O ônibus roda cada vez mais rápido e, como se não respeitasse as manobras do chofer, bate nos automóveis à frente – vazios –, invade o chafariz da praça – vazia –, atravessa as casas e os prédios vizinhos – vazios –, e esmigalha as árvores do caminho – cheias de pássaros pretos que voam e grasnam em desespero. O ônibus trafega como se tivesse apenas um lugar para ir, como se um enorme pêndulo o houvesse hipnotizado, e hipnotizado aqueles que carrega. O veículo roda pela cidade deserta, e ela sabe que algo vai acontecer.)

Não são muitas as pessoas que possuem a faculdade mágica e exata de se lembrar, na manhã seguinte, de tudo que sonharam durante a noite. Natélia tem esse dom: tudo que sonha, à noite, está presente em sua cabeça pela manhã. Quando o sonho é bom, não se chateia: é como uma história agradável que lhe fosse contada. Incomoda-a, isso sim, a lembrança dos pesadelos, os pesadelos que a fazem acordar suando e procurar, quase agarrando, na escuridão da noite, a mão tranqüilizadora de Nicolau. Os pesadelos ela prefere esquecer.

(O veículo roda pela cidade deserta, e ela sabe que algo vai acontecer. Tristes os passageiros e o motorista, tristes as grades que circundam o veículo, triste a resignação imutável com que todos aceitam a rota. Não há nada, exceto as grades, que efetivamente a alarma, mas ela sabe, tem a certeza intranqüila, de que algo vai acontecer. Sabe, porque adivinha. Todo o silêncio e a tranqüilidade, que lhe permitem escutar claramente os ruídos do motor, são falsos, quebradiços; ela percebe que estão prestes a romper-se, explodir em pedaços de uma novidade bruta. Ela tem consciência da lógica de sua certeza e, por isso, a estagnação dos fatos, a agonia: apenas o ônibus rodando com seus passageiros sem rosto, no meio da cidade deserta, nada mais. Mas, de repente, acontece: ela não sabe como, mas vê-se, agora, em outro plano e, de onde está, consegue enxergar o outro ônibus que vem, resoluto e veloz, na direção contrária.)

Natélia agita-se, espalha pela cama as pernas e os braços. É certo que deseja acordar, mas não consegue vencer o seu sono agitado. Murmura algumas palavras que soam incompreensíveis, mas cujo sentido é perfeitamente definível: são pequenos sons agônicos, incertos, quase gemidos.

(Consegue enxergar o outro ônibus que vem, resoluto e veloz, na direção contrária. Este, entretanto, vem vazio; nem sequer é dirigido por algum motorista. Nele – e isso a aterroriza – o que mais chama a atenção é a ferocidade de sua marcha, a malignidade de seu andar. Não há ninguém que o dirija, mas ele – ao contrário do outro ônibus, que apenas roda, autômato, avançando sobre as coisas como se elas não existissem – ruma com fúria sobre tudo que está à sua frente, como o cão raivoso que também busca morder tudo ao seu redor. Assustam-na tamanha voracidade de destruição e, mais ainda, a velocidade com que se dirige ao outro ônibus, cada vez mais veloz e – ela tem certeza disso – maior. O ônibus cresce a cada instante e, desse modo, ela consegue perceber que a sua dianteira assemelha-se a um rosto humano, mau e sangrento, e que esse rosto procura o outro carro com a decisão de um homicida. É com essa firmeza diabólica que, por fim, ele arremete contra o outro ônibus, onde os tristes continuam em rota imutável. O ônibus cresce e se aproxima, cresce e se aproxima mais e mais, cada vez mais próximo e feroz; os olhos do seu rosto têm um brilho insano e raivoso e, por fim, eles batem. Batem com a violência desejada pelo primeiro; ela ouve o barulho das carrocerias partindo-se ao meio, fundindo-se ambas em uma pasta metálica e suja. Mas não é o barulho do metal que a horroriza: são os gritos, os gritos dos passageiros do primeiro ônibus, repentinamente vivos e apavorados com o que acontece, com o sangue que começa a brotar por todos os lados e todos os espaços, por entre as barras e as ferragens, por entre mãos decepadas e pés arrancados. Jorra sangue com uma força desmesurada, tingindo de vermelho os dois ônibus, e o seu gorgolejar nauseante consegue ser mais alto que os gritos das pessoas, porque esses, cansados de terror, transformaram-se em agoniados gemidos. Muitos já pararam, já não gritam mais: alcançou-os a mudez infinita da morte. Mas, mesmo assim, prosseguem sem rosto, ela não consegue distingui-los e já se desespera com isso, quando um corpo termina de gemer e cai de olhos abertos em cima de um pneu que incendeia. É o único cujo rosto não é vazio, o único entre todos que possui uma face, e ela grita de desespero quando vê aqueles olhos esgazeados de terror e surpresa: é Nicolau.)

Natélia acordou gritando e procurando, ávida, a mão de Nicolau. Buscou-a sofregamente, com os olhos fechados de esperança, e só os abriu quando soube, definitivamente, que ele não estava ao seu lado. Levantou-se da cama e acendeu a lâmpada. Precisava saber as horas: uma e meia da manhã.

"Uma e meia!" Olhou para a cama vazia e desejou que ainda estivesse sonhando; queria que aquele travesseiro intocado e o pijama dobrado em cima da cadeira não fossem mais do que a imaginação. Mas não era assim e ela sabia: já era madrugada, e Nicolau ainda não chegara. Pela primeira vez em sua vida de casada, Nicolau passava uma noite fora sem que ela soubesse do seu paradeiro. Isso a desorientava, deixava-a sem saber o que pensar: não sabia se o mais correto seria desesperar-se com a ausência do marido ou, ao contrário, enfurecer-se com ela.

Dormir, até desejava. Mas de que maneira buscar o sono? De que modo, após aquele sonho – e aquela imagem que teimava, tolamente, em guardar-se na sua cabeça –, conseguiria simplesmente fechar os olhos e desligar-se de todas as preocupações? O sono não viria – e, se viesse, seria dono de novos pesadelos.

Resolveu esperar sentada na poltrona da sala. Juntou do chão o cobertor – ela o atirara no assoalho, ao acordar – e, sobraçando-o, carregou-o até a outra peça. Deixou-o estendido em cima da poltrona e foi até a cozinha, a fim de esquentar água para um café, companheiro das noites e dos frios. Deixou no fogo a chaleira e lembrou-se de buscar, no quarto, as meias de lã que tricotava para dar de presente ao marido. Buscou-as, largou-as em cima do cobertor e voltou à cozinha na espera de que a água fervesse. Natélia sempre gostara de café bem quente, pura água e pó, sem leite ou açúcar. Aguardou parada em frente ao fogão, os braços caídos, o olhar mortiço e o pensamento à procura de Nicolau. Só voltou a si, sobressaltada, quando os pulos da tampa da chaleira avisaram-na de que era hora de desligar o fogo. Buscou o pó no armário, colocou duas colheradas na xícara e despejou sobre ele a água fumegante. Guardou novamente no armário o pó do café e depositou a colher num canto da pia. Só aí tomou o primeiro gole: o café estava forte e denso, o gosto sabendo a terra molhada. Depois, xícara nas mãos como se fosse um ofertório, voltou à sala e à poltrona. Sentou-se, cobriu as pernas com o cobertor – "como uma velha", pensou –, e ali ficou, hirta e digna, apenas o vaivém da xícara a quebrar a imobilidade daquela cena.

Quem a visse ali tão solene em seu pijama largo, a xícara de café enchendo-lhe as mãos e o tempo, o tricô abandonado ao lado da poltrona, certamente se enterneceria. A mulher, sentada ali em meio à madrugada, oferecia aos visitantes impossíveis daquela hora um espetáculo candente, mas ridículo: o espetáculo da espera.

"A espera", pensou Natélia.

Toda a sua vida resumia-se a uma grande e infinita espera. Quando criança, ao menos, a espera não era solitária, pai e mãe esperavam com ela. Esperavam, todos os dias, os tempos melhores, quem sabe no dia seguinte mesmo, mas eles nunca chegaram. O pai saía pela manhã, humilde em seu macacão, e à noite, quando voltava, tudo continuava da mesma maneira. Os dias melhores não tinham chegado, a saia puída da mãe, e a mesa capenga no meio da sala lembrando-lhes que a pobreza era a mesma e nada mudara. A mãe perguntava ao pai quando poderiam trocar a mesa, e ele respondia, os olhos baixos e o coração apertado, que "logo, logo". Mas quando o pai morreu, alguns anos mais tarde, a mesa continuava lá, toalha de renda decorando a peça com precariedade, um pedaço de tábua lisa servindo-lhe de calço. Fora enganosa a espera, mas passara.

Após a morte do pai, ela e a mãe esperaram, solidárias num medo imenso, que o patrão chegasse qualquer dia para retomar a casa. Era uma angústia calada e seca que não se repetia todos os dias, mas que estava lá, imperturbável e perturbadora, fazendo parte da casa tanto quanto a mesa capenga. Aparecia, de repente, na hora do almoço, quando as duas se olhavam entre dois comentários; ou à noite, quando sentavam juntas e quietas para tricotar; ou em meio à tarde, quando algum acaso fizesse cessar o barulho da máquina de costura e de inopino o silêncio irrompesse na casa. O patrão nunca pensara em nada que as pudesse ameaçar, a bem da verdade, mas foi naquela época que se aprofundaram as rugas da mãe e apareceram em Natélia os primeiros dois ou três fios que, agora, teimavam em embranquecer-lhe a cabeça. Fora agoniante aquela espera, mas passara.

E então Nicolau entrara em sua vida – e foram tantas as esperas, pequenas em si, mas grandes em seu conjunto, que agora Natélia só conseguia lembrar-se delas de modo difuso. Todas as pequenas esperas, uma vez juntas, tornavam-se fortes e, a cada novo dia, cresciam mais e mais dentro dela, sem que se desse conta disso. Para que, agora, enumerá-las? Por que, naquela noite em que a espera se estendia de modo incomum, desgastar-se com a lembrança das esperas antigas? A espera era cotidiana e não passava.

A xícara de café já estava vazia. Depositou-a com cuidado no chão, depois de se decidir por não tomar a segunda: café em excesso sempre lhe pesava no estômago, não havia hora em que algo não acontecesse. Pegou as agulhas de tricô, e as meias lhe pareceram inteiramente desprovidas de beleza; a cor – um marrom avermelhado, próximo ao ocre – parecia não combinar com nenhuma das calças que Nicolau mantinha em seu guarda-roupa. Mas a feiúra repentina das meias não a impediu de começar o trabalho: tricotava-as apenas como uma opção ao marido – ele as usaria se quisesse e quando bem entendesse – e, ademais, as calças e camisas de Nicolau nunca combinavam mesmo muito com ele.

Assim, tricotando, o cobertor nas pernas e a xícara vazia ao lado, sentada na poltrona e olhando a porta em todos os momentos, Natélia esperava.

Mais uma vez, como em tantas outras em sua vida, ela esperava.

O bar era escuro, apertado e sujo. As paredes, descascadas e encardidas de anos, ostentavam alguns cartazes promocionais de cigarros e bebidas, propagandas de bailes ao redor e, curiosamente, uma *Santa Ceia*, cuja moldura antiga principiava a descolar-se da gravura. O chão e as mesinhas desconheciam, há muito, os benéficos efeitos de um pano ou de uma vassoura. Seguindo direto em direção ao fundo, logo ao lado do banheiro, ficava o balcão, onde permanecia, inabalável a toda sujeira e odores, o dono do bar. À sua frente, a peça de fórmica e vidro – sobre a qual se afixara um decalque com os dizeres *Fiado só amanhã* contradizendo o caderninho xadrez que ficava logo ao lado do proprietário – denunciava a idade dos pastéis, dos croquetes e das roscas de sonho, em que as moscas disputavam a primazia pelos raros grãos de açúcar. Atrás do dono erguia-se o armário, onde ficavam expostas as garrafas de licor, cachaça, conhaque e vermute baratos que se constituíam na receita maior do estabelecimento. Entre o armário e o balcão, o dono passava o seu tempo, atendendo aos pedidos dos clientes ou lendo, imutável e tranqüilamente, o seu jornal.

Nicolau permaneceu alguns segundos em frente ao botequim, na dúvida se entrava ou não. Até aquele dia à tarde, não podia esquecer, trabalhava como lavador de pratos, combatendo com gana toda a sujeira que porventura encontrasse na louça. Agora, poucas horas mais tarde, estava parado em frente a um boteco sórdido, decididamente inclinado a entrar e, mais do que isso, a embriagar-se. E assim foi: a vontade de beber algo foi mais forte do que o asco à sujeira.

Entrou e sentou-se numa mesa próxima à porta. Uma das pernas da mesa era poucos milímetros mais curta do que as outras três e, em suas tábuas, vários poetas solitários e obscenos haviam deixado marcados o seu talento ou a sua ira. O dono do bar não demorou a atendê-lo; simplesmente fechou o jornal, marcando a página que estava lendo, e foi em direção à mesa de Nicolau, perguntando-lhe o que iria beber.

Nicolau buscou com os olhos o armário onde repousavam as garrafas. Subitamente, voltou-lhe à cabeça a lembrança do casaco esquecido no restaurante, e pensou que, a partir daquela hora, era provável que o tempo esfriasse.

– Me vê um conhaque – pediu, resoluto. Depois, quase surpreso com o que dizia, completou: – Um conhaque bem servido!

– Pode deixar – O dono do bar tranqüilizou-o. – Aqui tudo é bem servido.

O homem trouxe o conhaque, e Nicolau pôs-se a beber em silêncio, observando o lugar e suas surpresas. Aos olhos do lavador, tudo aquilo era ainda mais sujo; porém, sem saber por quê, tinha certeza de que ainda ficaria ali por algum tempo, bebendo a sua noite e espantando os seus fantasmas. Olhou o copo em busca de algum resquício de batom ou gordura, mas só o que encontrou foi o amarelo turvo e denso da bebida, o que aumentou a sua sede. Levou o copo à boca e entornou-o numa única vez; o conhaque desceu-lhe quente à garganta, espesso e difícil, mas Nicolau sentiu-se bem quando o líquido chegou ao estômago. Largou o copo na mesa com decisão e sentiu-se forte o bastante para chamar o dono do botequim com um autoritário estalar de dedos.

– Amigo, mais outro!

O homem trouxe a garrafa e encheu o copo de Nicolau até a borda.

– Bem servido – emendou, cortês.

Nicolau sorriu e bebeu um gole. Estava gostoso, o conhaque; sua maciez adocicada fazia com que fosse mais fácil esquecer a aridez pesada das últimas horas.

"Merda! Mas tudo que acontecera não era para ser esquecido, e sim pensado, passado a limpo, depurado!" Nicolau imaginava, então, a cena do dia seguinte, e ria sozinho: chegaria à hora costumeira e seria o Nicolau de sempre; desincumbir-se-ia de suas tarefas com a presteza usual e responderia normalmente às perguntas dos colegas; no final do dia, entretanto, tudo seria diferente.

Via-se chegando à sala do patrão e pedindo licença – educação, sempre –, sentando-se e esperando que o homem dissesse, em meio à conversa que certamente teriam, que ele estava despedido. Nesse momento, com certeza, o estrangeiro conheceria o novo Nicolau, um Nicolau desperto e justo, consciente e forte. Imaginava-se dizendo ao homem tudo aquilo que estava preso, há anos e sem que soubesse, na sua garganta. Via-se, como o lutador que descobre o seu próprio soco nos últimos minutos e vinga-se do massacre continuado dos *rounds* anteriores, a dizer ao patrão tudo que quisesse, o homenzinho surpreso e desnorteado, custando a acreditar que aquilo fosse verdade, e Nicolau, à sua frente, corpóreo e falante, a lembrá-lo do que era. E, depois de tudo, faria valer todos os direitos de que dispunha, levaria tudo que lhe fosse devido – o advogado do sindicato, com certeza, o auxiliaria.

O gole serviu para esvaziar o copo e ele pediu mais conhaque. Enquanto o homem trazia a garrafa, lembrou-se de que nem sabia onde ficava a sede do sindicato. Todos aqueles anos pagando sem saber e reclamando que era muito, nunca precisara de médico ou dentista. Também nunca fora a uma assembléia da classe a fim de discutir assuntos de seu interesse. Alguns colegas costumavam convidá-lo, insistiam para que fosse, mas ele não ia. Lavava os seus pratos e ia para casa, sempre o mesmo caminho e os mesmos horizontes obscuros. Nicolau, agora, ficava impressionado: como pudera ter sido tão burro, por que nunca se envolvera nas lutas sindicais? Para acabar assim, quarenta e sete anos e desempregado, a mulher esperando em casa, um copo de conhaque nas mãos, sentado num botequim imundo cujo dono o observava, disfarçadamente, entre uma e outra notícia de jornal.

Olhou para o dono do bar e achou justo que ele o observasse com certa desconfiança. Não era freguês e estava bebendo de modo respeitável; o outro, é claro, preocupava-se com a perigosa eventualidade de um problema mais adiante. Mas não, com Nicolau não havia esse tipo de problema. Talvez fosse assim com os outros fregueses. Pensando nisso, observou a freguesia à sua volta. O bar estava quase vazio: um velho lia uma revista e fumava um cigarro atrás do outro, uma taça de café esquecida à sua frente; mais adiante, quatro homens, com jeito de estivadores, dividiam algumas cervejas e riam alto de tudo que diziam.

Olhou para o fundo do bar e só então viu as mulheres. Eram três e, como os estivadores, também riam alto dos próprios comentários. Uma, a mais velha, costurava todas as suas frases com palavrões sem sentido. As outras, entretanto, riam daquilo; divertiam-se com o pequeno escândalo. A menor possuía um riso contido, quase envergonhado, e

Nicolau simpatizou com ela. Observou, então, a mulher: usava um vestidinho barato de tecido brilhante, o decote largo permitindo perceber-lhe os magros peitos. No rosto e na boca, o peso da maquilagem tornava impossível precisar sua idade. Usava uns sapatos de salto alto que – Nicolau tinha certeza disso – deixavam-na inteiramente desconfortável. Nos braços e no pescoço, todo tipo de bijuterias e miçangas baratas, coloridas e berrantes. A pequena bolsa de couro, pendurada no encosto da cadeira de palha, certamente levava algum documento, o dinheiro contado, uma carteira de cigarros vagabundos e uma navalha ou gilete. "É uma puta perfeitamente acabada", pensou Nicolau, mas arrependeu-se de imediato quando ela o olhou: em meio ao sorriso apertado, seus olhos eram ingênuos e inocentes como os de uma camponesa.

A mulher observou-o durante alguns instantes, e Nicolau sentiu-se incomodado, aquele incômodo besta que nos invade quando somos o único passageiro do elevador e tentamos adivinhar o que estará pensando de nós o ascensorista. O lavador escondeu o rosto atrás do copo, perdido com aquele olhar, tomando o seu conhaque em goles contínuos, sem saber o que fazer: estava desacostumado com aquilo.

A mulher sentiu o seu embaraço e tomou-o como uma espécie de anuência. Assim, levantou-se, deixando as outras duas em meio a uma gargalhada, e veio até a mesa de Nicolau. Caminhava devagar – "os saltos altos", ele pensou –, dona de uma elegância talvez um tanto bruta, mas verdadeira e palpável. Quando chegou à mesa, não se sentou de imediato: apoiou-se com os cotovelos em uma das cadeiras, numa tentativa de sensualidade.

– Oi. – E os olhos ingênuos tomaram-se de uma malícia fabricada, artificial.

– Olá. – Nicolau percebeu, de início, que a conversa não teria muitos rumos: seria reta e plana, o destino previsível.

– Posso sentar?

– Esteja à vontade. – E ele empurrou a cadeira com o pé, cavalheiresco.

Ela chamou o dono do bar com um aceno. Queria beber.

– O que o meu amigo estiver tomando. – E apontou o copo de Nicolau.

– Pode trazer dois. – Ele ergueu o copo, a mão ligeiramente trêmula e os movimentos embaciados.

Ela riu e ele riu junto, sem saber a razão.

– Não é freguês por aqui, não?

– Não, senhora. – E, ao dizer isso, Nicolau sentiu-se como um colegial explicando seu atraso à professora. – É a primeira vez que venho aqui.

– Pois é. Os rostos conhecidos a gente já sabe de cor. Qualquer cara nova, logo se nota.

– Pois é.

– E cara bonita se nota mais ainda.

Nicolau sorriu da gentileza patética da mulher, mas sentiu-se lisonjeado pela pureza da mentira.

– Obrigado.

– Mas é verdade. – Ela se tornou corajosa frente à concordância do homem. – Uma cara bonita, simpática, distinta. – Tomou um gole de conhaque, como se buscasse forças e inspiração para prosseguir. – Não é todo dia que aparecem cavalheiros por aqui.

A singeleza da frase tocou Nicolau. Soube, ali, que ela buscara o melhor adjetivo possível, de maneira a distingui-lo dos demais, e sentiu vontade de abraçar levemente a mulher, muito mais por piedade do que por desejo, e pedir-lhe que falasse de sua vida até o ponto que ela começasse a chorar e já não conseguisse dizer mais nada. Mas não, ele nunca soubera ser franco. Apenas agradeceu e nada mais disse.

Ela não se deu por vencida com a mudez circunspecta do homem. A vida e as noites lhe haviam ensinado a ser ousada; só a ousadia lhe trazia o pão e a bebida de que necessitava.

– Seus olhos são bonitos, este cabelo grisalho... deve ser o terror das meninas, não é?

Nicolau riu e pediu mais dois conhaques. Nesse instante, ela sentiu que havia vencido, mas que ainda precisava jogar mais um pouco, até o final.

– Cabelo grisalho, braços fortes... – E, enquanto falava, acariciava languidamente o ombro sem músculos de Nicolau, a mão de unhas vermelhas e compridas massageando-o com presteza.

Na primeira vez que a mão o tocou, Nicolau ficou hirto e sentiu que o seu rosto estava em fogo. Mas ela não tomou conhecimento daquela vergonha e prosseguiu, calma e confiante, até o momento em que sentiu os músculos dele relaxarem e o braço descansar, novamente, em sua posição normal. Quando Nicolau percebeu, ela o beijava no ombro, levemente, mansamente, e ele não conseguiu ficar indiferente à delicadeza surpreendente da prostituta.

Ela soube que era a hora. Pousou a mão no meio das pernas dele e olhou-o com firmeza; em seus olhos, toda a ingenuidade se apagara.

– Quer trepar, meu bem?

A vida e as noites haviam-lhe ensinado a ser ousada. Nicolau não esperava pela secura da pergunta. Sentiu-se acuado e, num único segundo, lembrou-se de Natélia e do desemprego, do dinheiro necessário que estava gastando, da inconseqüência absoluta de se sentar naquele boteco, do batom ameaçador nos lábios da mulher. Tudo isso Nicolau lembrou num segundo. Entretanto, no segundo seguinte, as mãos da mulher e os vários copos de conhaque foram mais poderosos. Soube que iria, que com certeza iria, mas, mesmo assim, não parecia ser sua a voz que lhe saía da garganta e perguntava à mulher, solenemente maligna:

– Quanto?

"**Q**uantos anos? Há quantos anos, Nicolau, há quantos anos você não vai para a cama com uma puta?"

Quando era solteiro e trabalhava na garagem, iam seguido aos bordéis, ele e os colegas, dividindo da forma mais democrática as gorjetas da semana. Eram quatro ou cinco, Nicolau já não se lembra com certeza dos detalhes, e entravam nos cabarés com um ímpeto juvenil que não se satisfazia apenas com as rumbas e os boleros: a cama era necessária. A gravata emoldurando com força o pescoço, o penteado mantido com brilhantina, o terno largo e cinzento, cigarreira à *mostra no bolso do paletó, Nicolau sentia-se como um astro de cinema, rodopiando pelas salas mal-iluminadas e embriagando-se com o que estivesse à mão, antes de acabar numa cama, entre gemidos e arfados, engalfinhando-se furiosamente com uma mulher cujo rosto estaria completamente esquecido pela manhã.*

Depois que casara, no entanto, Nicolau nunca mais fora aos cabarés ou dormira com uma prostituta. "Não, não", Nicolau confessa para si mesmo, "tinha havido uma vez, sim." Fora ainda no início do casamento, numa ocasião em que Natélia tinha ido, com a mãe, passar um fim de semana na casa de uma tia-avó, a algumas centenas de quilômetros. Fora com mais dois amigos, mais para não ficar sozinho em casa do que para qualquer outra coisa, mas, quando deu por si, estava dançando apertado com uma morena gordota e baixinha que teimava em pisar-lhe os pés. Trepar com ela tinha sido algo que fizera sem nenhum compromisso, quase sem se dar conta, mas, quando terminou e viu aquela gordinha cor de cuia pedindo-lhe um cigarro, sentiu uma saudade imensa de Natélia e tomou-se da certeza de que não faria mais aquilo.

O quarto era surpreendentemente limpo, o que fez com que Nicolau ficasse um pouco mais à vontade, as mãos diminuindo o seu tremor, e o vermelhão do rosto diluindo-se nos resultados do conhaque. Era simples, a peça: a cama, o armário e um pequeno toucador, onde repousava um vaso cheio de margaridas.

– É pelo perfume – ela disse.

Contíguo ao quarto havia um banheiro, onde Nicolau e sua eterna mania de limpeza acharam melhor não entrar.

Nas paredes do quarto espalhavam-se pôsteres e cartazes de cantores e artistas – Nicolau conhecia alguns – precariamente arrancados de antigas revistas românticas. Pendurado à cabeceira da cama, repousava um crucifixo preto e miúdo. Nicolau, sem notar, pegou a pequena cruz na palma da mão e ali ficou, sentado na cama, os pés plantados, olhando o crucifixo.

– Foi presente da minha mãe. Às vezes, quando bate a solidão, eu rezo. – Ela tentava, coitada, justificar a presença de um objeto daqueles num quarto de prostituta.

Nicolau não a ouviu. Permaneceu algum tempo parado, observando a peça, algo atônito, ainda duvidando do que estava fazendo ali. Por que aceitara ir até lá nunca iria saber. Agora, aquela pequenina cruz de madeira desconcertava-o ainda mais: no seu tempo, as putas não tinham crucifixo. Eram devassas mesmo. Mas, e aquela menina? Olhou-a com o canto dos olhos, enquanto ela, tranqüila e profissionalmente, ia se despindo e colocando a roupa em cima do toucador. "Talvez não seja tão menina", ele pensou. Não conseguia dizer se a achava bonita ou feia: a verdade é que a mulher tinha os contornos fracos e apagados, sem que se pudesse descobrir-lhe a expressão real. Nem o vermelho do batom, nem o violeta do *blush* conseguiam esconder isso: enfeitavam-lhe o rosto, mas não lhe avivavam as linhas. Ela parecia ter, à frente do rosto, uma fina camada de gaze ou algodão que a tornava opaca aos olhos de Nicolau. Não sabia, então, se convinha pensar nela como menina.

Foi quando levantou os olhos que reparou: ela estava nua à sua frente, parada, tímida, os dois braços cruzados em frente ao corpo, tentando esconder-se de alguma maneira.

– Vem – ela disse. Mais do que tímida, era profissional. Nicolau achou melhor se esquecer de suas dúvidas e ânsias. Até ali chegara; já não havia mais ponto de retorno. E ele foi.

Nicolau achou horrível, animalesco e falso. Por poucos trocados, tivera o direito de enfiar-se por entre as pernas da mulher, varão decidido e desejoso, e, durante alguns minutos, mexeram-se desarmoniosamente na cama – quase risível a cena – até que ele achasse que era a hora e terminasse tudo em meio a tremores, roncos e jatos tontos de esperma, enquanto ela rebolava ainda mais e fingia, sem nenhum talento, gemer de prazer.

Ele não sabe, ainda agora, se foi o balançar do corpo, o peso do conhaque ou apenas remorso: o certo é que, segundos após os dois corpos se separarem, ainda atônitos e desconfortáveis, Nicolau precisou correr ao banheiro e teve sorte que a tampa do sanitário estava aberta, senão o vômito se espalharia pela peça inteira.

– Foi o conhaque – desculpou-se, o vermelho decididamente instalado em seu rosto, enquanto ela lhe passava um pano úmido por toda a testa.

– Não faz mal. Os respingos se limpam num minuto. – Só então Nicolau compreendeu: era uma pessoa que estava ali ao seu lado, um ser humano, de carne e osso, que comia e dormia e respirava como todos os outros. E aí se lembrou de tudo que havia acontecido naquele dia – "ou ontem?" – à tarde: ela também era uma injustiçada.

– Deixa que eu limpo. – Nicolau foi solícito, quis que ela compreendesse que ele a via como uma pessoa.

– Não se incomode – ela disse, enquanto passava o pano sobre as gotas de vômito espalhadas no chão, para levá-lo, posteriormente, ao balde plástico que estava no boxe. Abriu o chuveiro e colocou o balde embaixo, sacudindo e torcendo o pano. Depois, despejou a água na privada e lavou as mãos com um sabão amarelo que havia na pia ("com este sabão, lavo pratos", Nicolau pensou, mas não disse nada).

Nicolau sentia-se, agora, pequeno: lamentava não poder ajudar aquela menina à sua frente, lamentava ser um pequeno, desprovido de qualquer mando ou poder: se os tivesse, repararia muitas injustiças. Mas podia, ao menos, conversar, fazer com que ela soubesse que não a quisera apenas como um produto exposto.

– Qual é o seu nome? – perguntou, enquanto começava a vestir-se.

– Maria de Fátima. Veja só: me deram nome de santa e fui ser puta! – E riu alto, mas a sua risada era triste.

– E se eu pedir para você me contar um pouco da sua vida?

Ela se vestia com rapidez e experiência. Olhou para o relógio e pensou que já era a hora do próximo.

– Não tenho muito tempo – desculpou-se.

Nicolau não tomou conhecimento.

– De onde você vem?

– Da fronteira.

– É um bom lugar. – Nicolau mentiu: não conhecia a fronteira.

– Bom pra quem tem dinheiro.

– E aqui?

– Aqui... – Ela deu de ombros e Nicolau entendeu que ali a vida não chegava a ser melhor. Mas ela viera; deixara para trás a mãe e a reputação. Não havia como voltar: a porta estava fechada.

– Aqui é ruim, não é? – Nicolau fez-se compreensivo. – E você nunca pensou em mudar de vida, buscar, talvez, uma outra... profissão?

Ela riu e olhou as horas.

– Amigo, quem é puta é puta para sempre. Fica em nós a marca das rugas e o jeito. Não existe escapatória. Conhece marcação de gado? É isso, a gente é assim. Todas nós temos a palavra *puta* marcada na testa.

– E não é uma injustiça muito grande o fato de não poder mudar de vida?

– O mundo é movido a injustiças, amigo. São elas que o fazem girar. – A voz da mulher era categórica e serena, não tinha autopiedade. Sentia-se como parte de um todo, de um enorme mecanismo: se lhe coubera desempenhar esse papel, se era essa a peça que lhe haviam designado, era assim que seguiria adiante.

– Mas as injustiças podem ser reparadas. Devem ser! – Nicolau falava e dava-se conta do quão difícil é a justiça. Dentre os dois, via, era ele o ingênuo; ainda teria muito a aprender.

Ela se mostrava compreensiva e tolerante. Nicolau era apenas mais um bêbado que, depois da trepada, queria fazer confidências de todos os tipos. Deixava que falassem, sempre, mas não costumava dar-lhes atenção: conhecia-os muito bem para se incomodar com eles.

– Sim, podem ser reparadas, claro que podem – ela anuiu com um sorriso simpático. – Mas não hoje à noite. Hoje à noite não há mais tempo. – E olhou o relógio.

Nicolau entendeu o que ela estava querendo dizer. Desconcertou-se: queria ajudá-la e não esperava que ela desse tão pouca importância às suas meritórias intenções. Resolveu ser cruel apenas para vingar-se.

– Claro, claro. É hora de descer e pegar mais um.

Mas a vida da moça era muito mais cruel do que a língua de Nicolau.

– A noite, lá fora, é duríssima. Cada um garante, ao seu modo, o pão de cada dia. Mesmo que esse pão seja amassado pelo diabo.

Era verdade – e Nicolau, no seu aprendizado da justiça, acabara de descobrir a diferença entre a teoria e a prática.

– Eu entendo. Desculpe.

– Não há o que desculpar, amigo. – Ela parou por alguns instantes, depois prosseguiu. – Você é um homem bom. Obrigada.

Ele sorriu. Afinal, havia auxiliado, de alguma maneira.
— Agora vamos terminar. Preciso descer.
— Terminar? — Ele se surpreendeu.

Os olhos dela tiveram um brilho rápido de incerteza, depois voltaram ao normal. "O homem apenas esqueceu", pensou.

— Tem que pagar, amigo. *La plata*, como dizem na fronteira.

Ele arregalou os olhos, ao ser subitamente relembrado. Procurou a carteira no bolso das calças e dela tirou duas notas.

— Toma. Fica com o troco. — Sabia que aquilo lhe faria falta, mas deixou para importar-se quando fosse a hora.

— Obrigada. — Ela pegou o dinheiro e rumou, decidida, até a porta. — Agora vamos.

Ele a acompanhou e desceram em silêncio a escada comprida e mal-iluminada que unia os quartos à rua. Quando chegaram ao térreo, Nicolau notou que a noite estava mais fria; melhor seria correr um pouco, no caminho para casa.

Deu alguns passos e, antes de tomar distância, virou-se:
— Boa sorte.

Ela sorriu, deu uma piscadela, e Nicolau reparou que os olhos dela voltaram a ser ingênuos.

— Boa sorte — ela devolveu. Depois, voltou para a noite.

Eram mais de três horas da manhã quando Nicolau chegou em casa e, em silêncio e com vagar, colocou a chave na fechadura da porta. Girou-a num movimento tenso, contido; o barulho, assim, era quase inexistente. Abriu a porta evitando que ela rangesse apenas o suficiente para que pudesse entrar, e fechou-a com o mesmo cuidado e meticulosidade. Achou melhor não acender a luz da sala.

Quando percebeu, no escuro, o vulto de Natélia e compreendeu, pelo ressonar, que ela dormia, pensou que fosse vomitar novamente. Vomitaria de ternura e raiva, gana e remorso. Mas controlou-se, enfim, enquanto tentava impedir, também, que as lágrimas lhe descessem pelo rosto.

Não chegou perto de Natélia, não juntou o tricô caído no chão, nem a xícara ainda manchada de café no fundo. Não queria acordá-la. Melhor: não queria que acordasse. Assim, caminhou com toda a leveza possível, cuidando para não bater em nada em meio a todo aquele escuro, até que conseguiu chegar à porta do banheiro. Abriu-a com cuidado e, somente quando a fechava novamente, acendeu a luz. Precisava de um banho para eliminar de si os restos e os cheiros da noite. Despiu-se e examinou as roupas; depois, cheirou-as com rigor. Nada. Melhor assim, muito melhor. Jogou-as num canto do chão, ao lado do sanitário, e entrou no banho.

A água conseguiu reanimá-lo. Deixou, simplesmente, que o jato corresse sobre a sua cabeça e descesse pelo corpo, não muito forte para que o chuveiro não fizesse barulho, nem muito fraco a ponto de não agüentar o calor. O conhaque, aos poucos, ia se evanescendo, devolvendo o lugar à consciência, à medida que a nuca, as têmporas e a testa começavam a ceder à massagem da água. Ficou um longo tempo embaixo do chuveiro, até o momento em que se considerou recuperado. Então saiu e, secando-se, apercebeu-se da fome que sentia: não havia comido nada durante toda a noite, e os sete ou oito conhaques que tomara não eram propriamente um alimento.

Antes de sair do banheiro, examinou novamente as roupas atiradas ao lado do sanitário. Cheirou-as. Não havia

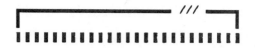

nada, ao menos para um nariz masculino, mas, de todos os modos, continuava temendo que Natélia percebesse, nelas, o cheiro de outra mulher. Melhor, então, dobrá-las, deixá-las lisas, de maneira que Naná não tivesse que se ocupar muito com elas. Dobrou todas as roupas cuidadosamente; depois, foi até o quarto, pé ante pé, e depositou-as em cima da cômoda. Da terceira gaveta do móvel, tirou uma cueca amarela, a primeira que enxergou, e vestiu-a. Dormia assim normalmente.

Cuecas cobrindo-lhe a nudez, foi até a cozinha em busca de algo para comer. Passou pela sala e esticou o olhar para a poltrona onde Natélia continuava dormindo – o sono agitado e desconfortável – e doeu-lhe ter a certeza de ser ele a causa daquela agitação. "Mas não há de ser nada", pensou; pela manhã, depois da conversa com o patrão, explicaria tudo à mulher – exceto a prostituta, claro – e voltariam, sem problemas, à antiga ordem cotidiana. Conhecia Naná e sabia que seria assim.

Foi até a cozinha e enterneceu-o ver a mesa posta, à sua espera: o prato, o copo e os talheres, o pão coberto por um pano de pratos, duas panelinhas em cima do fogão. Examinou-as: havia carne e arroz. Natélia guardara-lhe um pedacinho de costela: sabia que ele gostava da carne próxima ao osso.

Resolveu não esquentar a comida. Quanto menos agitação na casa, melhor. Serviu-se do pedaço de costela e raspou, com a faca, a gordura acumulada sobre a carne, deixando-a cair na panela. Olhou o arroz, mas deixou-o na panela: comeria somente a carne.

Puxou a cadeira com cuidado e sentou-se à mesa. Cortou uma fatia de pão e colocou-a no prato junto à carne. Foi comendo em silêncio, metódico, alternando garfadas de carne e dentadas no pão, numa espécie de sanduíche.

Comeu com silêncio e remorso. Lembrava a esposa dormindo na sala – "até que horas ela ficara esperando por ele?" –, sentada, mal-acomodada; com certeza, as costas doeriam com mais intensidade pela manhã. A imagem não saía de sua cabeça, tão próxima, e, como as costas da mulher, também doía, doía fundo, uma dor verdadeira e quase terna.

Terminou ligeiro a refeição para não se dar tempo de pensar. O melhor era dormir logo: cedo tudo se resolveria. Despejou o prato na pia e foi até a geladeira, onde pegou a jarra de leite. Serviu-se de um copo e tomou-o de um gole só, sôfrego e rápido. "Leite é bom", pensou: desciam com ele os últimos hálitos do conhaque. Serviu-se de mais um copo e, desta vez, sorveu-o com um certo vagar, saboreando-o, matando a sede e pensando em dormir.

Largou o copo vazio junto ao prato e aos talheres e, nessa hora, sentiu que aquele dia tão incomum terminaria da maneira mais cotidiana: lavando louça. Achou melhor fazê-lo, não queria deixar a Natélia uma tarefa que não era dela. Além do mais, para ele, que estava acostumado aos montes de louça do restaurante, aquilo era serviço para um ou dois minutos. Assim, lavou e secou toda a louça. Deixou de guardá-la, entretanto; as portas do armário estalavam na hora em que eram abertas ou fechadas, e Nicolau não queria que o barulho acordasse Natélia.

Saiu da cozinha e foi direto ao banheiro. Precisava escovar os dentes, tanto para dissipar o gosto do conhaque como para extrair das cavidades dos dentes alguns fiapos de carne. Escovou-os e sentiu o gosto forte do dentifrício. Sentiu-se bem assim; agora estava pronto para dormir.

Porém, por mais que quisesse postergar a conversa com Natélia, não tinha o direito de deixá-la ali, mal-acomodada na poltrona, o ressonar intranqüilo e inconstante. Sonhava com ele, Nicolau adivinhou, tristonho.

Antes de chamá-la, contemplou-a por alguns instantes. Viam-se todos os dias, sempre os dois sozinhos, um com o outro, dividindo as vidas e as esperanças. Mas agora, vendo-a imóvel e distante, os olhos azuis fechados, os cabelos desgrenhados misturando-se ao forro da poltrona, as pernas e os braços precariamente instalados, percebia a constância e a inelutável certeza do tempo: Natélia estava envelhecida.

Mas não era hora de pensar naquilo, ela já se mexia novamente, inconscientemente alerta de que estava sendo observada. Devia acordá-la, mas decidiu que não falaria nada, mesmo que Naná insistisse com suas perguntas.

Tocou-a levemente no ombro e ela suspirou contrafeita. Não chegou, entretanto, a acordar: o sono era pesado. Nicolau tocou-a novamente, dessa vez com mais força, e, mais uma vez, ela apenas suspirou; parecia decidida a permanecer em seu sono.

O marido resolveu, então, chamá-la, a voz mansa e baixa temendo assustá-la.

– Natélia.

A mulher se mexeu, ainda inconsciente, e então abriu os olhos. Piscou duas vezes antes de compreender que Nicolau já estava em casa e, mais do que isso, diante dela, terno e delicado, chamando-a. Isso, no entanto, não serviu para acalmar o nervosismo de toda a noite, agora que ele já estava em casa, vivo, livre e seguro. Natélia tinha o direito de enfurecer-se. Seus olhos o demostraram mais do que suas palavras. Contudo, adiantando-se à fúria previsível da mulher, foi Nicolau quem falou:

– Amanhã. Amanhã conversamos.

Natélia, ainda sonolenta, começou a xingá-lo quando ele repetiu:

– Amanhã. Amanhã conversamos.

E acrescentou, humilde:

– Por favor.

Então, ela percebeu que algo importante havia acontecido e que, por algum motivo, o marido não queria falar. Assim, enquanto ele já se dirigia, cansado, mas decidido, ao quarto, ela soube que, por mais que tentasse, só conversariam no dia seguinte. Desse modo, foi numa única frase, contida e tensa, que ela deixou que Nicolau compreendesse toda a angústia e a aflição de sua espera.

– Amanhã vamos ter muito o que conversar.

Nunca usaram despertador. Nicolau sempre acordou cedo, cônscio de seus deveres e dos seus horários. Às seis da manhã, às vezes um pouco antes, já estava de pé, inteiramente desperto, aprontando-se para o trabalho. Natélia, por sua vez, permanecia na cama por mais alguns minutos, aproveitando o torpor do último sono. Tinha o sono pesado, Natélia: todo o afã matinal do marido não bastava para acordá-la. Despertava somente quando ele, já pronto, a chamava. Aí, era a hora dela começar a sua faina, que só terminava à noite.

Naquela manhã, entretanto, Nicolau tratou de acordar ainda mais cedo. O sono fora agitado e revolto, intranqüilo. Na verdade, não conseguira descansar: os rápidos cochilos só tinham servido para cansá-lo e enervá-lo ainda mais. Eram cinco e quinze da manhã quando saltou da cama, desistindo de perseguir o sono. Então se deu conta de que era melhor assim: Natélia, mais cansada do que de costume, não acordaria, de modo algum, se não a chamasse. Portanto, tinha a chance de sair mais cedo, sem precisar encará-la e sem ter de conversar. Aí, à noite, tudo mudado, conversariam. A fuga, a terrível e desgastante fuga, por fim terminaria.

Assim foi: Nicolau aprontou-se com pressa, buscando o silêncio. Tomou um café rápido, comeu apenas uma fatia de pão com manteiga, e saiu para o trabalho quando ainda não eram seis horas. "A hora em que sempre acordo", Nicolau pensou, bocejando.

As caras no ônibus não eram as mesmas, mas nem por isso menos sofridas. Eram outras, mas continuavam sendo de balconistas e operários, funcionários públicos e estudantes suburbanos. Iam todos quietos, e alguns tratavam de dormir, ainda, o último sono da manhã. O ônibus recendia a arroz e feijão com ovo.

Nicolau chegou mais cedo ao trabalho, mas não quis ficar esperando por nada. Podia ter dado um passeio ou uma espairecida junto ao ar da nova manhã, mas não quis. Achou melhor ir direto aos pratos e aos copos: talvez fosse essa a sua maneira de relaxar.

Quando os companheiros começaram a chegar, bem mais tarde, a tarefa de Nicolau já ia adiantada. Tudo praticamente limpo, apenas um ou outro detalhe, e a louça estaria pronta. Nicolau, sem querer, demorou-se: queria fazer o tempo passar mais rápido, lavando a louça. Ficar sem fazer nada, aquele dia seria temerário – poderia dar ao patrão os motivos desejados para legitimar a sua demissão.

Mas esse prazer não seria dado ao gringo sem coração! Foi nessa hora que Nicolau decidiu: passaria o dia inteiro com pratos na mão, sem descansar um segundo, lavando e relavando todas as peças, até que brilhassem como nunca, reluzissem como novas. Seria uma espécie de vingança; a máquina chegando, pronta para engoli-lo, e todos – o patrão, o homem do macacão – tendo que admitir que Nicolau era melhor. Mas, aí, seria tarde demais.

O dia transcorreu desse jeito, Nicolau esfregando a louça com um empenho redobrado e aguardando a chamada do patrão para conversarem. Esperaria até as quatro; senão iria, ele mesmo, à sala do chefe. Lá, conversariam, e Nicolau, tinha certeza, diria tudo: queria só ver a cara do gringo!

Somente no final da tarde, quando Nicolau terminava de lavar a louça do almoço, o patrão apareceu na cozinha. O lavador passava uma esponja, pela terceira vez, numa travessa, devolvendo a ela todo o seu brilho, quando a cabeça do patrão surgiu na porta. Cumprimentou a todos, com o costumeiro ar de solenidade, e chamou o lavador.

– Nicolau.

Ele sentiu que era chegada a hora e, de repente, o medo invadiu-o: conseguiria falar, responder? Precisava de mais tempo para tomar coragem. Mais alguns minutos, um pouquinho só, e estaria pronto.

– Quando acabar com os pratos, venha até o meu gabinete. Precisamos conversar.

Os olhos de todos se voltaram, sem tentar esconder, para Nicolau, que os encarou e também o patrão, refeito do susto e pronto para enfrentá-lo.

– Já estou indo.

E voltou à travessa. Não precisava dizer mais nada. As palavras estavam guardadas para dali a pouco.

– Nicolau, nossa conversa é curta.

O lavador queria prestar atenção somente ao que o patrão dizia, mas não pôde deixar de atentar para a organização da sala. O patrão era um homem metódico: todos os objetos, ali, tinham o seu próprio lugar, o seu próprio espaço, organizados de modo a não interferirem um no outro. Assim, o homem tinha o controle absoluto das peças da sala: nunca precisava procurar a caneta, porque sabia que havia sempre alguma colocada no canto esquerdo da mesa, nem necessitava apalpar os bolsos à procura dos fósforos, porque, com toda a certeza do mundo, estavam na segunda gaveta de cima para baixo.

– A conversa é curta e direta.

Nicolau reparou nos quadros e dísticos que adornavam a parede, todos cuidadosamente pendurados e formando uma simetria digna de qualquer livro de arquitetura. Eram paisagens européias e mensagens em alemão. Uma delas, mais específica, estava numa placa afixada à mesa do dono do restaurante: *Gott Segne Dieses Platz*.

– O senhor – quando a conversa era mais séria, o patrão chamava os empregados de *senhor* – sabe que estamos num mundo que se moderniza a cada instante. A cada dia que passa, mais máquinas estão aí, fazendo, com perfeição, o trabalho que antes era feito apenas pelo homem.

"Perfeição!" Nicolau riu internamente, cheio de despeito e rancor.

– E quem não se moderniza não consegue competir com os outros. E essa, infelizmente, é uma sociedade competitiva: o maior sempre come o menor.

"O menor sou eu", pensou Nicolau.

– Assim, o restaurante resolveu modernizar-se. É necessário. Para isso, entretanto, é preciso fazer algumas mudanças, algumas adaptações.

O homenzinho fez uma rápida pausa antes de prosseguir.

– Você deve ter percebido, ontem, que estamos adquirindo uma máquina de lavar louça, não foi?

– Sim. – Nicolau deu-se conta de que essa era a primeira palavra que dizia desde que entrara naquela sala.

– E isso, amigo, vai implicar uma grande mudança.

– Entendo. – Nicolau sentiu a revolta crescendo dentro de si, apenas esperando o momento certo para explodir.

– Sabe o que isso significa?

A vermelhidão tomou conta de toda a face de Nicolau, e ele, rubro de uma cólera contida, já se preparava para jogar no patrão todo o ressentimento guardado há anos, despi-lo sem piedade, dizer tudo sem se censurar por nada e sem pensar no que viria depois. Mas não teve tempo para externar a ira tão laboriosamente preparada: o patrão já ia, ele mesmo, respondendo a sua pergunta:

– Significa que o senhor, seu Nicolau, vai passar a lavar apenas aquela louçaria mais fina, mais delicada, aquela que exige mais cuidados. De resto, vai apenas operar a máquina. – Sorriu. – Afinal, elas ainda não são ligadas automaticamente. É preciso que alguém cuide delas.

Nicolau pensou não ter ouvido direito. Então, não estava demitido? Continuaria a trabalhar no restaurante? E operando a máquina, mandando nela, ordenando-lhe o que lavar e tudo o mais? Era verdade o que o patrão falava? Só conseguiu perguntar, o ar abobalhado deixando à mostra a sua atônita felicidade:

– Quer dizer que agora eu vou operar a máquina de lavar?

– Exatamente – o homenzinho anuiu, sorridente. Depois, emendou: – É função de grande responsabilidade.

"Sim, é grande a responsabilidade", Nicolau pensou, mas ele saberia desincumbir-se condignamente das novas funções. Não haveria problema, não havia problema algum! Tudo, tudo estava bem: Natélia estava bem, ele estava bem, Anacoluto estava bem, o patrão estava bem, todos estavam bem. Nicolau continuava empregado, era só nisso que conseguia pensar, quarenta e tantos anos, mas empregado.

– Na semana que vem a máquina será instalada e o pessoal da revenda virá aqui para lhe explicar todo o funcionamento da máquina, os seus mistérios e facilidades.

– Semana que vem. Ótimo, já estou esperando. – Sentia quase uma vontade de abraçar o patrão, mas conteve-se. Gostara dele desde o início, admirava a sua capacidade: homem bom, fizera-se por si mesmo, vencedor em terra estranha. "Enfim, um líder", pensou Nicolau.

– Mas agora é tempo de voltarmos ao trabalho, não é, seu Nicolau? Ainda tenho muita coisa para fazer hoje. – Nicolau notou que, naquele momento, o tom tornara-se quase neutro.

– Sim, senhor. – Nicolau encarou o patrão, mas, ao reparar que este o encarava, baixou os olhos. E, de olhos baixos, como de costume, saiu.

Feliz.

Quando saiu do trabalho naquele dia, Nicolau já não era o mesmo.

Pegou no armário, aliviado, o casaco esquecido desde o dia anterior, certo de que no dia seguinte estaria de volta aos seus pratos e talheres, tudo ainda confuso em sua cabeça, mas com a certeza de que estava seguro. Foi contando os passos até a saída do restaurante – um, dois, três, quatro – passando por entre as mesas brancas e as toalhas cor-de-rosa – cinco, seis, sete, oito – tentando adivinhar a figura do patrão atrás da porta do gabinete – nove, dez, onze – abrindo a porta da rua com um empurrão decidido, o vento enchendo-lhe o rosto e o peito, mais forte do que no dia anterior. Vestiu o casaco e a mornidão da lã fez com que se sentisse ainda mais tranqüilo, e saiu em direção ao ponto de ônibus, os passos rápidos e o coração ainda mais. Precisava contar logo a Natélia, chegar em casa e contar a Natélia, pedir-lhe desculpas pelo desatino da noite passada; naquele fim de tarde os dois iriam comprar pão e leite, como sempre fora todos aqueles anos, nenhuma preocupação lhes quebraria a felicidade da rotina. Ia mais e mais ligeiro, tinha quase cinqüenta anos, e todas as horas em trânsito eram tempo perdido, já não era jovem, a velhice soprando em seus cabelos, mas estava empregado: era trabalhador e estava empregado. Natélia teria sempre os seus vestidinhos e a ração especial para Anacoluto. Agora ela estava novamente segura, o patrão era um homem bom, "claro que tudo se modernizava", e Nicolau se enchia de orgulho ao saber que operaria a máquina. Quando apertasse "lava", ela lavaria, e quando apertasse "desliga", ela desligaria. O patrão era um homem bom e tinha visão das coisas – só se podia competir com as melhores armas; o patrão era um homem bom, forte, vencera em terra estranha e hoje merecia aquilo que possuía, ganhara tudo com o suor do seu rosto; pensou também nos colegas, "será que o tinham achado estranho?", mas achou que não, comportara-se condignamente, normalmente, até o chamado do patrão: depois não conseguira esconder a sua alegria e aí talvez um ou outro estranhasse, ele sempre tão calado e taciturno, mas já não importava, o patrão era um homem bom e lhe delegara uma responsabilidade grandiosa. Nicolau saberia desempenhar suas funções com dignidade e ainda prosseguiria lavando a louça mais delicada; o chefe confiava nele, homem bom, bom, bom, e caminhava cada vez mais rápido em direção ao ônibus, louco para chegar em casa e conversar com Natélia. Quem sabe poderiam passear à noite, tantos anos não iam ao cinema, e aquele era um dia que merecia comemoração. Cruzou rápido por um homem gordo e uma moça loira – como eram parecidos todos os rostos! –, mas não chegou a reparar neles com maior demora, queria chegar em casa, já enxergava o ponto de ônibus, e o ônibus, em minutos, já partiria; o homem dissera que a máquina iria ficar naquele vão e Nicolau se assustara inteiramente, "que bobo tinha sido, o gringo nunca faria uma coisa daquelas", envergonhava-se da vontade besta que tivera de atear fogo ao restaurante, o dono era um homem bom e justo, so não trabalhava quem não quisesse, "esses vagabundos que rondam e vagueiam pelas ruas em vez de procurar algum serviço, para que reclamar que as coisas estão erradas?, têm é que trabalhar"; o próprio sindicato só sabia gritar, e ele não gostava de gritos, por isso não ia nunca às assembléias, "pura perda de tempo", tinham é que cuidar de trabalhar e nada mais, só assim o país cresceria. Quando já estava chegando na parada, reparou na anciã envolta em trapos, sentada num canto da calçada, uma garrafa de cachaça vazia ao lado, a dor de toda uma vida nas rugas do rosto, comendo um pedaço de pão seco, e Nicolau tentou fingir que não via, sem conseguir esconder de si o nojo que lhe causava o odor rançoso da mulher, puro mijo e merda seca; "por que não trabalhara quando era jovem, agora estava assim, estava assim porque queria, chances existiam para todos". A mulher estendeu-lhe a palma da mão, trêmula, e Nicolau desviou, apressou o passo, quase correndo; entrou rápido no ônibus – queria chegar cedo em casa –, misturou-se aos outros passageiros sem os ver nem os sentir, imerso em seus pensamentos e alegrias: a alegria de não ser trocado pelo latão, a alegria de ter a supremacia sobre o latão e os fios, as peças e os botões. O ônibus arrancou e Nicolau viu, do lado de fora, uma paisagem rediviva: passou pela joalheria e pensou que ainda daria um broche a Natélia, aquele ou outro mais bonito, grande, dourado, pétalas de rosa, ela merecia, atrás da máquina de costura perdia a sua vida, e Nicolau lembrava-se dela dormindo na poltrona, e seu coração enchia-se de nós, mas naquele mesmo dia ele explicaria e ela entenderia e esqueceria, talvez, a dor nas costas. Aliás, Nicolau se envergonhava de tudo que fizera à tarde e à noite passadas, "quantos desatinos, quantos pensamentos ruins, pensar em injustiça quando tudo era apenas um mal-entendido, injusto era ele porque pensara mal do patrão, nunca devia ter feito aquilo, não havia por quê, não ganhava muito, mas tinha estabilidade"; lembrou-se da cena na loja de eletrodomésticos, sentiu pena do vendedor, "como pudera ter sido tão grosseiro?", o pobre atendera-o com solicitude e já era hora de a loja fechar; o remorso bateu-lhe, mas não chegou a incomodá-lo, pois decerto o rapaz já esquecera, ele mesmo tinha esquecido no minuto seguinte, só o que não esqueceria tão cedo seria a noite com a puta, aquilo que ficaria como uma mancha, talvez para o resto de vida; "como tinha sido capaz de tamanha perversão, Naná em casa esperando-o, mesmo que há tempos já não fizessem mais nada, ela estava lá, não precisava ter-se deitado com uma mulher da vida, uma qualquer", e invadiu-lhe o medo de alguma doença, tinha tudo para pegar uma doença, "naquele antro tudo era possível, e a mulher trepava com cinco ou seis a cada noite, vagabunda e porque queria, pois chance havia para todo mundo, aquela conversa besta de que o estigma de puta ficava para todo o sempre, desculpa esfarrapada de quem não quer trabalhar". Nicolau sentia-se impuro por ter caído nas mãos de uma mulher como aquela, só porque estava fora do seu normal, e ainda ficava o medo de uma doença, o que diria?, mas "Deus Nosso Senhor é grande e nada vai acontecer". Nicolau achou melhor pensar em coisas mais construtivas: logo encontraria Natélia e iriam, juntos, como todos os dias, comprar pão e leite, divertindo-se com as vitrines. Então, fechou os olhos, o cansaço finalmente tranqüilo e, enquanto sorria solitário, em paz consigo mesmo e com o mundo, algum louco triste começava a dançar uma valsa em frente a uma loja de discos qualquer.

Impresso no Brasil pelo
Sistema Cameron da Divisão Gráfica da
DISTRIBUIDORA RECORD DE SERVIÇOS DE IMPRENSA S.A.
Rua Argentina 171 – Rio de Janeiro, RJ – 20921-380 – Tel.: 2585-2000